D1080537

Le dernier saut d'Astrée

• SIX HISTOIRES DE DAUPHINS •

Éditions Fleurus, 15/27, rue Moussorgski - 75018 Paris

COLLECTION DIRIGÉE PAR Christophe Savouré
ET ANIMÉE PAR Emmanuel Viau

DIRECTION ARTISTIQUE : Danielle Capellazzi
ÉDITION : Servane Bayle

Sommaire

Le dernier saut d'Astrée

de Katherine Quenot
illustré par Marc Bourgne

Un humain s'approchait. Il parvint au bord du bassin et s'accroupit pour l'attendre, elle, Astrée.

À l'aide de sa puissante nageoire caudale, la dauphine, un peu lourde, se dressa à la verticale. Perçant l'opacité de la nuit, elle promena son regard autour d'elle. Comme tous ses congénères, elle était capable de repérer jusqu'à six kilomètres de distance les bancs de poissons que cherchaient les dauphins dans leur milieu naturel avant de les encercler et d'aller manger à tour de rôle afin que leur repas ne s'échappe pas. Astrée n'avait plus ce genre de souci à présent : les poissons ne se sau-

vaient jamais de leurs seaux en plastique et le restaurant du delphinarium servait à heures fixes. Cela
faisait deux ans qu'on l'avait arrachée à sa mer
cubaine pour l'enfermer ici. Au-dessus d'elle, dans
la nuit étoilée, la lune tunisienne était un croissant
inversé, comme dans les contes des *Mille et Une
Nuits*. Demain, il y aurait une mille deuxième nuit,
puis une mille troisième et ainsi de suite, et cela
n'avait pas grand-chose d'un conte de fées.

Nageant jusqu'au bord de l'enclos, la dauphine
alla retrouver l'humain. Elle cala sa tête sous la
paume qui se tendait pour la caresser. L'affection
des hommes était tout ce qui restait aux cétacés
emprisonnés.

Clic clic clic. Le sonar dissimulé dans sa bosse
graisseuse, à l'avant de sa tête, travaillait à toute
vitesse. *Clic clic clic.* Les sons rebondissaient sur
les organes de l'humain, rapportant à la dauphine
une image en trois dimensions de son corps. Pas
de barrière de peau ni d'os pour Astrée. Elle voyait
distinctement le cœur gonflé et rouge dans sa cage
thoracique, pulsant des jets de sang à un rythme
soutenu. Elle détaillait le contenu de l'estomac. Elle
observait les lobes des poumons soulevés par le
souffle d'une respiration oppressée. Et la matière
grise du cerveau : chaude, excessivement chaude.
L'humain était très agité.

Cessant soudain ses caresses, il se releva et se
dirigea vers la plateforme du spectacle. C'était là
que les dauphins, chaque jour à seize heures, toujours le sourire aux lèvres puisque Dieu les avait

créés ainsi, exécutaient des numéros pour le plus grand plaisir des touristes. La dernière invention des dresseurs, dont ils n'étaient pas peu fiers, consistait à placer un gros pinceau dans la bouche des cétacés. Les tableaux que les animaux peignaient étaient ensuite vendus aux enchères. La dernière œuvre d'Astrée s'intitulait *Nuage divin*.

L'humain avança, la dauphine le suivit. Ils parvinrent ainsi à la plateforme, l'un marchant, l'autre nageant.

Soudain, tout alla très vite. Un coup de sifflet déchira l'air tandis que le bras de l'humain se levait en décrivant un mouvement de reptation. Ce numéro s'appelait le *beaching*[1]. Astrée l'avait accompli des dizaines de fois, mais elle savait maintenant qu'elle ne devait plus le faire : il y allait de sa vie.

La dauphine voyait ce cœur humain qui battait si fort. Il était cru et saignant. Il était triste et solitaire. Comme le sien. La barrière entre les deux espèces tomba. Alors, sans plus se soucier de l'interdit médical du vétérinaire, la dauphine sortit de l'eau et remonta à plat ventre sur la plateforme du spectacle pour rejoindre l'humain. Mais celui-ci s'enfuit dans la nuit à toutes jambes et Astrée resta là, le ventre meurtri.

---

1. De l'anglais *to beach*, qui signifie « s'échouer ».

Quelques jours plus tôt...

Le taxi plongeait vers la mer. Ils arrivaient à destination. Rémi, un grand brun d'une quinzaine d'années au visage avenant, décocha un sourire au petit garçon blond qui se trouvait à côté de lui, sur la banquette arrière du véhicule. L'enfant ne le lui rendit pas. Assis sur les genoux de sa mère, il suçait une agrafeuse qu'il ne lâchait jamais, et quand Rémi posa une main sur son genou en tentant d'accrocher son regard, il n'eut pas davantage de succès : Hugo avait des yeux qui semblaient montés à l'envers, comme si c'était l'intérieur de lui-même qu'il contemplait en permanence. « J'arriverai à le faire parler, se promit l'adolescent. Elles n'ont pas trouvé le truc, mais je suis sûr qu'il existe un moyen. Peut-être tout simplement le faire rire. »

« Elles », c'étaient Claudine, la mère d'Hugo, cet enfant autiste de sept ans, et Nathalie, la mère de Rémi, une éducatrice qui s'occupait du jeune garçon plusieurs fois par semaine à son domicile, à Paris. Nager avec les dauphins était la dernière thérapie à la mode à laquelle les parents désespérés s'accrochaient comme à une bouée de sauvetage. Claudine avait cassé sa tirelire pour financer ce séjour où elle avait dévolu à Rémi le rôle du grand frère. Cela ne posait pas de problème à l'adolescent. Dès l'instant où il avait aperçu dans la salle d'embarquement de Roissy ce petit être terrorisé, il s'était juré de faire tout ce qui était en son pouvoir pour l'aider à sortir de sa coquille. Hugo avait hurlé pendant la moitié du vol, exaspérant les passagers au point que l'un d'eux avait demandé à une hôtesse si les malades mentaux étaient autorisés à bord. Rémi lui avait rétorqué que c'était lui, le malade. Enfin, il ne l'avait pas dit tout haut, il l'avait marmonné dans son coin, mais c'était ce qu'il pensait. Il ne perdrait jamais de vue, lui, la chance qu'il avait d'être en bonne santé et plutôt heureux.

– Regarde le dauphin, Hugo ! s'exclama sa mère alors que le taxi s'arrêtait dans un grand tourbillon de poussière.

Claudine remonta ses lunettes d'un geste nerveux. Son fils n'avait pas un regard pour l'immense dauphin en celluloïd qui marquait l'entrée du delphinarium.

Le chauffeur de taxi leur ouvrit les portières. Hugo, les poings crispés, refusait catégoriquement de bouger. Il s'agrippait à sa mère depuis le début du voyage, sans laisser à quiconque la moindre chance de s'infiltrer. Même son éducatrice était repassée derrière le rideau de brouillard que le garçon utilisait en permanence pour se faire oublier du monde.

« Le truc à trouver », se dit encore Rémi en réfléchissant.

Saisi d'une brusque inspiration, il fit le tour de la voiture et se planta devant Hugo. Il enroula une jambe autour de l'autre pour former une nageoire caudale et rabattit ses bras, comme deux nageoires pectorales. Puis il se mit à les agiter et, pour parfaire l'imitation, il entreprit de pousser des *clics* et des grincements semblables à une porte qui se referme. C'étaient les couinements des dauphins, assez bien imités, tels que l'adolescent les avait entendus sur les vidéos que sa mère avait achetées pour préparer son jeune patient à la rencontre avec les cétacés.

Assez rapidement, Rémi sentit le ridicule l'envahir. Hugo n'avait pas la moindre réaction. Et Claudine, gênée, regardait ailleurs. L'adolescent laissa retomber nageoires pectorales et caudale, et aperçut alors quelqu'un qui l'observait de l'autre côté de la portière. Le regard de l'inconnu était rempli de commisération.

– Viens prendre une douche, mon petit. Avec cette chaleur…

– Il m'a pris pour un dingue ! s'exclama Rémi, hilare.

Le jeune garçon était en train de tester les ressorts de son lit à coups de sauts de carpe. Il se mit les cheveux en bataille pour avoir vraiment l'air d'un fou.

– Il faut dire qu'il y avait de quoi, rétorqua Nathalie. Ce pauvre directeur ne doit pas souvent voir des spécimens cinglés au point de se prendre pour un dauphin !

Rémi se leva et alla chercher un seau de plage dont il se coiffa.

– Plus on est de fous, plus on rit !

– Alors qu'est-ce que je rigole, moi, enchaîna Nathalie. Tous les jours je rigole. Quelle veine j'ai !

Les quatre Parisiens avaient pris possession de leur bungalow : une mère et un enfant par chambre, lesquelles communiquaient par une porte. Ils devaient se retrouver ensuite pour se rendre à l'auditorium où M. Wurtz, l'homme qui voulait donner des douches aux fous, accueillait les nouveaux arrivants. On entendait les cris d'Hugo à travers la cloison. La porte s'ouvrit, livrant passage à une Claudine aux traits tirés.

– Il ne veut pas bouger, annonça-t-elle d'un air las.

Rémi regarda sa mère, immobile elle aussi. Elle lui avait expliqué que l'autisme était une maladie mentale dont on ignorait l'origine et qui se caractérisait par un repli sur soi, un refus de communiquer, d'apprendre quoi que ce soit, un refus surtout du contact visuel. Et puis des manies gestuelles, comme sucer cette agrafeuse, des troubles de la parole qui pouvaient aller jusqu'au mutisme total – c'était le cas d'Hugo –, une inconscience du danger et le besoin de vivre dans un environnement immuable. Chaque nouveauté, quelle qu'elle soit, représentait une souffrance atroce pour l'enfant. Hugo savait maintenant faire du vélo et nager, mais il avait fallu des heures et des heures cauchemardesques à l'entendre hurler pour parvenir à ce succès. Comment cela allait-il se passer avec les dauphins ? Provoqueraient-ils en lui le choc salutaire que les delphinothérapeutes décrivaient comme le résultat de la fantastique amitié de ces mammifères envers l'espèce humaine ?

— Laissez-moi faire, dit Rémi.

Il entrevoyait Hugo à travers l'embrasure de la porte, petit bonhomme blond dont la beauté faisait la fierté de sa mère. L'enfant était assis par terre et, sans cesser de sucer son agrafeuse, il se balançait d'avant en arrière, comme un métronome. S'asseyant près de lui, Rémi entra dans la danse. En avant, en arrière, en avant, en arrière, tout en essayant d'accrocher son regard. Cela dura un bon moment. Sans résultat.

Une fois de plus, Rémi commençait à se sentir vraiment idiot lorsque, soudain, à l'instant où il allait renoncer, Hugo arrêta de se balancer. Il tourna la tête vers Rémi en prononçant quelques sons incompréhensibles. «Incompréhensibles en français, songea Rémi, mais peut-être pas dans une autre langue.» Une langue qu'Hugo serait le seul à parler, mais qui signifierait néanmoins quelque chose. Comme les *clics* et les couinements des dauphins.

Il ne fallait pas laisser passer ce moment de grâce. Empoignant Hugo, Rémi le hissa sur ses genoux. Le garçon ne s'opposa pas à ce geste, mais une fraction de seconde suffit pour que le visage triomphant de l'adolescent vire à l'incrédulité la plus totale.

— Il m'a pissé dessus !

Dix minutes plus tard, le petit groupe marchait dans la direction opposée à celle de l'auditorium.

Nathalie pensait en effet qu'il fallait tout de suite faire comprendre à Hugo pourquoi il était venu là, pourquoi on l'arrachait si cruellement à ses habitudes. Claudine restait silencieuse. Elle semblait déjà abattue.

Alors qu'ils arrivaient sur le sable, ils entendirent des applaudissements éclater. L'enclos à dauphins était un périmètre grillagé, aménagé dans une anse de la baie de Tunis. Massée sur les bords, une poignée de visiteurs enthousiastes admirait les soigneurs en train de nourrir les cétacés.

– Regarde, Hugo ! s'écria Claudine, prenant entre ses mains la tête de son fils pour la tourner vers les fuseaux de satin gris. Regarde les dauphins !

Mais Hugo gardait les yeux obstinément baissés. Il remarqua soudain qu'il avait du sable sur les pieds. Sa colère se déclencha comme le hurlement d'une sirène. On n'entendit plus que lui, pardessus les applaudissements. Il hurla jusqu'à son retour dans la chambre où il alla se réfugier dans un coin et se remit à se balancer.

Ce fut Nathalie qui, au bout d'une heure, réussit à le sortir de sa bulle. Pendant ce temps, Rémi avait fait le tour du delphinarium. Il y avait croisé les autres patients : une petite fille trisomique qui riait tout le temps, un second enfant autiste qui paraissait encore plus nerveux qu'Hugo et un garçon plus âgé qui se donnait des claques en permanence.

Tous ces petits patients et leurs accompagnateurs avaient rendez-vous pour une première séance commune avec les dauphins. Hugo avait accepté de mettre un pied devant l'autre, mais il avait fallu comprendre auparavant qu'il voulait emprunter exactement le même chemin que la première fois. Son éducatrice savait désormais que, quel que soit le lieu où ils se rendraient, ils devraient suivre cet itinéraire. C'était à elle que l'enfant s'agrippait, à présent, et Hugo semblait avoir oublié du même coup l'existence de sa mère. Rémi jeta un regard vers Claudine et ressentit sa souffrance aussi crûment que si elle s'était coupé le doigt devant lui.

– Je suis sûr qu'il a essayé de dire quelque chose tout à l'heure, fit-il d'un ton encourageant.

– De la part d'un garçon qui parle comme jamais mon fils ne parlera, c'est une remarque qui me va droit au cœur, ironisa Claudine avec un sourire amer.

– Mais…

Nathalie fit taire Rémi d'un battement de cils. D'ailleurs, ils étaient arrivés. Six dauphins évoluaient près du bord de l'enclos, tandis qu'un septième se laissait flotter un peu plus loin. Les enfants que Rémi avait vus étaient tous là, avec leurs parents.

Le dresseur expliqua que la première séance consistait simplement à se laisser toucher par la magie des cétacés. On ferait ultérieurement d'autres séances de groupe, quand les jeunes patients auraient appris à se détendre individuellement. « Nager avec les dauphins, précisa-t-il, était un moyen, non un but. »

Ce préambule établi, il lança un coup de sifflet. Avec un bel ensemble, les six dauphins s'élancèrent hors de l'eau, projetant leurs masses énormes à plus de deux mètres de hauteur avec une grâce et une souplesse prodigieuses. Un autre coup de sifflet, accompagné d'un geste de la main, et les cétacés se mirent à bondir deux par deux en un ballet réglé comme sur du papier à musique. Au troisième sifflement, assorti d'un mouvement de reptation du bras, un des dauphins s'approcha de la plateforme du spectacle, sortit sa tête, puis le reste de son corps, et commença à se traîner sur le ventre pour remonter. On aurait dit que le mammifère marin décidait, quelques millions d'années après être entré dans l'eau, de revenir à la vie terrestre.

Ce fut seulement lorsque sa mère poussa un cri que Rémi s'aperçut qu'il s'était laissé totalement absorber par le spectacle. L'éducatrice essayait de disputer à Hugo la sardine que l'enfant avait chipée dans un des seaux et qu'il était en train de dévorer toute crue. Rémi éclata de rire.

Non, bien sûr, ce n'était pas drôle. Rémi l'admit sans se faire prier quand sa mère lui parla seul à seul, un peu plus tard.

— Tu aurais pu te contrôler, enfin, s'exclama Nathalie. Tu as tout ton esprit, toi !

— Excuse-moi de ne pas être autiste, maman, rétorqua Rémi d'un ton pince-sans-rire. Je suis désolé.

– Ça suffit !

Rémi dévisagea sa mère avec étonnement. Il haussa les épaules.

– Bon, puisque je suis si nul, je ne dis plus rien.

La jeune femme se radoucit.

– Excuse-moi, mais Claudine attend tellement de ce séjour… Cela me met un peu sur les nerfs. Je n'étais pas très enthousiaste, moi.

Elle regarda son fils qui baissait la tête.

– Allez, accompagne-nous, Hugo va avoir sa première séance dans l'eau. J'espère qu'il va accepter de se baigner ! D'habitude, il aime ça.

Rémi n'écoutait plus. Une pensée désagréable lui traversait l'esprit. Les malades d'un côté, les cétacés de l'autre. De quel côté de la barrière valait-il mieux être ?

– Est-ce que tu as vu le dauphin qui se tenait à l'écart, maman ? Il avait l'air malade.

Nathalie soupira.

– Si tu crois que je vais me préoccuper des dauphins, en plus !

Rémi se raidit.

– Ça t'est égal qu'ils soient enfermés et malheureux, si ça fait du bien aux enfants ?

– Ils ne sont pas malheureux, Rémi. Ils sont correctement traités.

– Comment le sais-tu ?

– Le dauphin que tu as remarqué est une femelle et elle va avoir un petit. C'est la preuve qu'elle est bien adaptée. Tous les numéros lui sont interdits jusqu'à ce qu'elle mette bas.

La conversation en resta là car la porte de communication entre les deux chambres venait de s'ouvrir. Derrière Claudine, Hugo apparut, toujours à la même place, avec son éternelle agrafeuse et en train de se balancer. Cette fois, Rémi ne proposa pas ses services.

— Viens, mon chéri, dit Nathalie en tendant la main à son jeune patient.

— Viens manger encore du poisson frais ! ne put s'empêcher de plaisanter Rémi.

Sa mère le foudroya du regard. Mais Hugo s'était mis debout, comme s'il obéissait à l'injonction de Rémi. Il se dirigea vers la porte et sortit.

Le petit groupe parvint au bord de l'enclos avec dix bonnes minutes d'avance sur l'horaire. Continuant sur sa lancée, l'enfant fonça vers les seaux qui contenaient les sardines.

— Il aime le poisson cru, c'est tout, commenta Rémi d'un ton joyeux. Les Japonais aussi. Qu'est-ce que ça a de drôle ?

Cela n'avait sûrement rien de drôle, à voir le froid que sa remarque avait jeté. Par chance, l'attention de tout le monde fut détournée à ce moment-là par les cris d'Hugo. Rémi crut que ses tympans allaient exploser. Claudine avait arraché à son fils la sardine qu'il déchiquetait à pleines dents, et le garçon hurlait comme si on l'égorgeait.

Le dresseur consulta sa montre, un peu agacé. Il apprenait à la petite fille trisomique comment diriger les dauphins. L'enfant, ravie, décrivait un cercle avec son doigt, tandis que le dauphin tournait en rond sur lui-même.

Les cris d'Hugo cessèrent soudain. Sa mère lui avait rendu son seau, après avoir transvasé les poissons ailleurs. Le silence était si agréable que Rémi poussa un profond soupir de soulagement. Claudine le harponna du regard.

– Quoi ? Qu'est-ce que j'ai encore fait de mal ? bafouilla l'adolescent.

Claudine ne répondit pas. Elle se ruait de nouveau sur son fils qui, à présent, buvait l'eau du bassin qu'il écopait avec son seau. Elle le lui arracha, mais Hugo le reprit et se renversa toute l'eau sur la tête. À ses côtés, indifférente à ce qui se passait, la petite fille laissa exploser sa joie. Elle venait de réussir le numéro de *beaching*.

– Vous n'imaginez pas tous les progrès qu'elle a pu faire, commenta sa mère avec enthousiasme en s'approchant de Claudine. C'est sa sixième séance. Courage ! Il faut un temps d'adaptation.

Cinq minutes plus tard, la jeune patiente laissait sa place à Hugo, lequel avait trouvé une occupation qui l'absorbait totalement : il écopait, se renversait l'eau sur la tête, puis recommençait l'opération depuis le début.

– On va procéder autrement, dit le dresseur. Puisque cet enfant aime l'eau, on va aller dans le bassin tout de suite. Tu es son grand frère ? demanda-t-il à Rémi.

– Non.

– Mais tu veux bien nous accompagner ?

– Si vous voulez.

Ce fut Hugo qui ne voulut pas entrer dans l'eau. Rien ne parvint à le décider. Tout à son jeu répétitif, il ne semblait même pas remarquer les dauphins qui s'approchaient de lui à tour de rôle et lui adressaient des *clics* à n'en plus finir, comme pour l'inviter à venir les rejoindre.

La troisième séance eut lieu le lendemain. Il fallut traîner Hugo au bord de l'enclos, mais dès que l'enfant aperçut les seaux de sardines, il sut ce qu'il avait à faire. Le dresseur avait pris la précaution de mettre les poissons à l'écart.

– On va lui laisser le temps d'arriver, dit-il. Tout va bien.

– Vous entendez ? demanda Claudine, au bout de quelques instants. Il fait un drôle de bruit.

Le dresseur observa à son tour l'enfant qui écopait et vidait l'eau tout en suçant son agrafeuse. Il remarqua soudain que le garçon se servait de l'instrument pour produire une sorte de claquement. Les yeux de l'homme s'écarquillèrent.

– Il imite les *clics* des dauphins ! Ce n'est pas possible… Aidez-moi à le mettre dans l'eau. Il faut qu'il y aille, il le faut absolument !

Nathalie et Claudine se regardèrent, indécises. Hier, leurs tentatives pour attirer Hugo dans le bassin avaient tourné au fiasco.

– Et si on le poussait ? proposa Rémi, un peu étourdiment.

Devant la tête de Claudinc, il se rendit compte de son erreur. Il devait vraiment tourner sept fois sa langue dans sa bouche avant de parler ! Il repensa soudain à ce qui s'était passé la veille, dans la chambre, quand il s'était balancé comme Hugo : il avait réellement le sentiment d'avoir réussi à entrer en contact avec le petit autiste. D'habitude, on ne copie pas les « fous »…

S'approchant d'Hugo, il prit l'un des seaux vides. S'il imitait son comportement, Hugo se rendrait peut-être compte que c'était bizarre de se renverser de l'eau sur la tête.

– Et voilà une bonne douche ! dit-il en s'arrosant copieusement.

Il allait replonger son seau dans l'eau, quand une main le lui arracha. Levant des yeux surpris, Rémi vit Claudine, tellement furieuse qu'elle en tremblait.

— Cette fois-ci, j'en ai assez ! La seule chose que tu saches faire, c'est te moquer de mon fils !

— Mais pas du tout, bredouilla Rémi.

— Ça suffit ! Serait-ce trop te demander que d'aller voir ailleurs si on y est ?

Rémi déglutit avec difficulté.

— Pas de problème.

Et se mettant debout en refoulant ses larmes, il partit.

Trois heures plus tard, de retour au bungalow, l'adolescent trouvait un paquet sur son lit. Nathalie voyait son fils arriver avec soulagement.

— Je t'ai acheté un petit cadeau à la boutique du delphinarium. Où étais-tu passé ? Je commençais à m'inquiéter.

— Je n'ai rien fait de spécial, marmonna Rémi en haussant les épaules. J'ai regardé la mer.

Il déballa le paquet. Un maillot de bain de sa marque préférée…

— Merci, dit-il avec un sourire qui manquait d'entrain. C'est gentil.

— Essaye-le pour voir s'il te va !

Rémi plongea ses yeux dans ceux de sa mère.

— C'est Claudine qui paye, j'espère…

— Écoute, Rémi, mets-toi un peu à sa place. Ce n'est pas facile.

Le jeune garçon écrasa avec son pied un insecte imaginaire qui ressemblait trait pour trait à Claudine.

– Mets-toi un peu à *ma* place, aussi. Je ne sais vraiment pas ce que je lui ai fait.

– Je sais, Rémi. Mais je t'assure qu'elle regrette ses paroles. Elle s'est emportée. Ça arrive à tout le monde.

Rémi poussa encore deux petits grognements, histoire de bien marquer sa réprobation.

– Alors, comment ça s'est passé ? Hugo est allé dans l'eau ?

Le visage de Nathalie s'éclaira.

– Tu sais, Astrée, la dauphine enceinte ? Elle est allée le chercher ! Il n'y a pas d'autre manière de le dire. C'était incroyable. Hugo faisait des *clics* et elle répondait. Elle s'est approchée du bord et elle lui a donné des petits coups de son bec pour l'inviter à la rejoindre. Le dresseur n'en revient pas. Il affirme qu'il n'a jamais vu un dauphin en faire autant.

Rémi s'aperçut que les yeux de sa mère se mouillaient d'émotion.

– Ah, dit-il avec une moue pensive. Eh bien, je suis content pour Hugo…

Le lendemain, tandis qu'il traînait son désœuvrement dans les rayons de la boutique de souvenirs, Rémi imaginait la une que pourraient faire les journaux, s'ils avaient vent de cette histoire : « Astrée, la dauphine, et Hugo, le dingue ». Avec comme sous-titre : « La belle et le bête ».

Rémi aurait ri de son humour stupide s'il ne trouvait pas le temps aussi long et l'exploitation de ces dauphins aussi révoltante. Slalomant entre les touristes avec lesquels il venait d'assister au show de seize heures, il se demandait comment on pouvait laisser faire des choses pareilles. La vendeuse était en train d'installer sur un chevalet un des tableaux peints par les dauphins, qui avait été boudé lors de la vente aux enchères. Il s'appelait *Ciel d'été*, mais on aurait aussi bien pu le baptiser *Pot de peinture*, car la seule caractéristique du tableau était d'être barbouillé de bleu. Rémi secoua la tête. C'était à en pleurer d'utiliser les animaux à des fins aussi bassement commerciales.

Les pensées de l'adolescent dérivèrent sur les activités thérapeutiques fort lucratives du delphinarium. Il s'était renseigné sur le prix des delphino-thérapies : exorbitant ! Il se représenta Hugo qui, à cette heure, se promenait sans doute encore sur le dos d'Astrée, comme le lui racontait avec force détails sa mère en lui demandant de se pâmer. Elle lui avait pourtant dit que la dauphine ne devait pas faire d'effort. À présent, des touristes venaient même assister à la séance et ils applaudissaient. Rémi avait demandé à Nathalie pourquoi elle ne faisait pas la quête, au point où elle en était...

L'adolescent se dirigea vers la sortie du magasin. Même la boutique de souvenirs était nulle. Pas une seule revue de jeux vidéo, rien que des dauphins ! Il était plutôt content pour Hugo, au fond, s'il allait mieux. Mais ça le gênait un peu que l'amélioration des patients passe par l'enfermement des dauphins. Le dresseur ferait peut-être moins le fier si la dauphine perdait son petit parce qu'elle se fatiguait trop. Attrapant une barre de chocolat, Rémi tendit l'argent à la caissière et s'en alla en ruminant ses griefs.

Ce fut le claquement de la porte de sa chambre qui le réveilla, le lendemain matin. Ensommeillé, il aperçut sa mère qui pénétrait dans la pièce à grands pas. Elle semblait dans tous ses états.

– Qu'est-ce qui se passe ? demanda-t-il en écarquillant les yeux. Tu n'es pas à la séance d'Hugo ?

Nathalie s'affaissa lourdement dans le fauteuil, faisant soupirer la moleskine.

– Il est arrivé un problème, dit-elle en poussant elle-même un profond soupir.

La tête de Rémi émergea du drap.

– Claudine s'est noyée ? Moi qui croyais que les dauphins…

Nathalie adressa à son fils un regard fatigué.

– Tu ne peux pas arrêter un instant de te moquer du monde ?

– Vous ne savez pas apprécier mon humour à sa juste valeur.

– Est-ce que tu vas rire si je t'annonce que quelqu'un a fait exécuter en cachette à la dauphine enceinte le numéro de *beaching* ?

Rémi ouvrit des yeux ronds.

– Hein ? Non, ça ne me fait pas rire du tout. Elle s'est blessée ?

— Les soigneurs pensent qu'elle risque de mourir, et son petit avec.

— Non ! s'exclama Rémi en devenant blême. Mais… pourquoi dis-tu que quelqu'un le lui a fait faire ? C'est absurde. Elle a dû l'effectuer toute seule !

— Plusieurs témoins ont entendu un coup de sifflet pendant la nuit et le soigneur ne trouve plus le sien.

Ils rejoignirent Claudine qui se trouvait près de l'enclos d'où son fils refusait obstinément de bouger. La dauphine avait été transportée dans un petit bassin annexe où les animaux malades étaient soignés. Il était interdit d'aller la voir pour le moment.

Hugo écopait l'eau avec son seau, comme à son habitude, mais il ne la renversait plus sur lui. Il la lançait au loin, le plus loin qu'il pouvait, avec une force et une violence terribles. L'estomac de Rémi se serra.

— Qui a pu faire ça ? demanda-t-il en s'asseyant à côté de Claudine.

Le regard dans le vague, la jeune femme était adossée contre le cabanon qui servait au rangement du matériel.

— Personne, marmonna-t-elle. Du moins, personne qui aime les dauphins. Et ici, tout le monde aime les dauphins. Toi aussi, n'est-ce pas ?

— Mais oui, bien sûr ! répondit Rémi en devenant rouge comme une pivoine.

– C'était très facile à faire, continua Claudine. La petite fille en est capable.

– En pleine nuit ?

– Tu as raison, ça ne tient pas. Même si les bungalows n'ont pas de verrou, ce qui, d'ailleurs, est parfaitement inadmissible. Non, le coupable est forcément un adulte…

Elle vrilla ses yeux dans ceux de Rémi :

– … ou un adolescent.

Le garçon passa sa langue sur ses lèvres sèches.

– Qu'est-ce que vous voulez dire ?

– Tu as très bien compris.

– Je comprends surtout que ce n'est pas étonnant qu'Hugo soit dingue avec une mère pareille ! explosa l'adolescent en se dressant sur ses jambes.

– Rémi !

Celui-ci tourna la tête vers sa mère, devenue blanche comme un linge.

– Modère tes propos, s'il te plaît !

– Mais c'est elle qui…

Le ricanement sans joie de Claudine l'interrompit.

– Je sais que tu es jaloux de mon fils. Tu t'imaginais que tu lui étais supérieur en tout et il a réussi un exploit qui n'est pas à ta portée : communiquer avec un dauphin. Tu n'es pas le petit ange que ta mère imagine, Rémi. C'est normal, c'est ta mère. Mais moi, je t'ai vu à l'œuvre, hier, quand tu as fait un croche-pied en douce à Hugo. Ne le nie pas, ça ne sert à rien. Et ne te réfugie pas derrière ton soi-disant humour, ça ne marche pas avec moi.

Quelques secondes de silence s'écoulèrent.

– C'est faux, archifaux… parvint à balbutier Rémi.

– Pas tant que ça, dit une voix. Je t'ai vu aussi.

Le directeur du delphinarium se tenait devant eux, surgi de derrière le cabanon. Il tendit la main aux deux femmes qui se levèrent pour la lui serrer.

– C'était en sortant du restaurant, hier, pendant que vous vous attardiez à discuter avec moi. Tu croyais que personne ne te regardait, pas vrai, mon grand ?

Nathalie avala sa salive. Elle se souvenait très bien qu'Hugo avait fait une chute, alors que les deux garçons étaient ensemble.

– On règlera ça entre nous, monsieur Wurtz. Ce sont des histoires de gamins. Dites-nous plutôt comment va la dauphine.

– Le vétérinaire est pessimiste, grogna le directeur.

Rémi tourna la tête vers Claudine qui se dandinait d'un pied sur l'autre, comme si quelque chose la chatouillait.

– Monsieur Wurtz, souffla-t-elle, est-ce que je pourrais vous parler une minute ?

La mère et le fils suivirent du regard Claudine et le directeur qui s'éloignaient en échangeant des propos à voix basse.

– Pourquoi elle me déteste autant, ta copine ? coassa Rémi. Parce que j'ai la chance d'être normal ?

– D'abord, ce n'est pas ma copine, c'est mon employeur. Du moins jusqu'à aujourd'hui, parce que avec ce qui se passe… Écoute, c'est une femme qui n'a pas une vie très drôle. Elle est extrêmement dépressive. Et puis, rends-toi compte : son fils semble sortir de sa bulle grâce à ce dauphin et, d'un seul coup, plus de dauphin !

Elle marqua une pause.

– Rémi, dit-elle, tu as fait un croche-pied à Hugo, n'est-ce pas ?

L'adolescent regarda quelques instants sa mère en silence. Il eut alors un rire bref.

– Si on considère que vous avez fait un croche-patte à quelqu'un parce que vous avez voulu l'empêcher de marcher dans une crotte de chien, dans ce cas-là, d'accord, j'ai fait tomber Hugo !

N'écoutant pas sa mère qui bredouillait des excuses, il fit volte-face et partit.

– Seulement quarante centimètres d'eau au bord du bassin. Huit mètres maximum au milieu : les nouvelles réglementations internationales concernant la captivité des dauphins ne sont pas respectées, dit l'inspecteur.

Charlie Wurtz se gratta le ventre. Depuis le temps qu'il s'attendait à la visite de la Commission tunisienne de protection des balcines et des dauphins, il ne pensait plus que cela arriverait.

– Nos dauphins vont très bien. Ce qui s'est produit est dû à la malveillance. Nous avons un suspect.

– La durée moyenne de la vie des dauphins est

de trente à quarante ans dans leur milieu naturel, contre cinq à six ans quand ils sont enfermés, poursuivit l'inspecteur d'un ton imperturbable. Et ne parlons pas de ceux qui meurent au moment de leur capture, à la suite du stress et de la brutalité des manœuvres. Pour un individu envoyé en delphinarium, plusieurs ont été sacrifiés. Le public, lui, ne se rend pas compte du nombre de cétacés qui meurent, puisque vous les remplacez discrètement au fur et à mesure.

— Et que faites-vous de tous ces enfants malades qui retrouvent le sourire grâce à nos dauphins ? Vous faites passer les animaux avant les humains, vous ?

— Monsieur Wurtz, dit l'inspecteur, les dauphins en captivité doivent lutter eux-mêmes pour ne pas devenir autistes. Je trouve votre démarche discutable. De plus, d'autres facteurs agissent plus sûrement sur la santé de vos petits patients : le plaisir de nager dans une eau à température agréable et celui de passer des vacances au soleil avec leurs parents. On constate les mêmes améliorations chez les jeunes qui font des stages avec des chevaux.

Charlie Wurtz soupira.

— Qui vous a averti ?

— Les bruits courent vite, vous savez. Montrez-moi la dauphine, maintenant, je vous prie.

Un rassemblement s'était formé devant le bâtiment où Astrée avait été transportée.

— On dit que le coupable serait un enfant, lança quelqu'un. C'est vrai ?

– Vous feriez mieux de ne pas écouter les racontars, rétorqua l'inspecteur d'un ton glacial.

Ils allaient pénétrer dans le local lorsqu'un employé surgit devant eux.

– Va falloir passer une commande, monsieur Wurtz, annonça-t-il, Astrée est morte.

La nuit enveloppait maintenant le delphinarium endormi. Rémi avait préféré rester éveillé. Il entendait la respiration de sa mère, oppressée par les tourments. Claudine avait décidé de repartir dès le lendemain pour Paris. Elle avait rompu son contrat de travail avec Nathalie. Elle avait aussi répandu le bruit que l'auteur de la malveillance était Rémi.

Mais ce n'était ni à sa mère ni à Claudine que Rémi pensait à cet instant. C'était à Hugo. La veille, l'enfant s'était fendu l'arcade sourcilière à force de se taper la tête contre le dallage qui entourait l'enclos. Nathalie tenait à ce que son petit patient voit la dauphine morte, mais Claudine avait refusé. Si Hugo ne voyait pas le cadavre, avait insisté l'éducatrice, il attendrait jusqu'à la fin de sa vie au bord d'un enclos. La réalité, quelle qu'elle fût, ne devait pas lui être cachée. Mais Claudine avait fait jouer ses prérogatives de mère et rien n'avait pu la convaincre.

Rémi écouta encore la respiration de sa mère. Il savait d'expérience qu'il pouvait se lever et même faire un peu de bruit, elle ne se réveillerait pas. Quant à Claudine, elle ne dormait qu'avec des tranquillisants.

Prenant la torche électrique qui se trouvait sous son oreiller, l'adolescent s'extirpa de ses draps et gagna sans bruit l'autre chambre. Il s'approcha des deux lits sur la pointe des pieds en tamisant la lumière dans le creux de sa main. Claudine était une masse emballée dans son drap, mais Hugo, le front barré d'un pansement, avait les yeux grands ouverts. Sa mère savait-elle que son fils passait des nuits éveillé, à contempler un monde enfin immobile ? Rémi, lui, le savait. Il l'avait vu, la nuit précédente, lorsqu'il était allé récupérer sa montre qu'il avait oubliée dans la pièce. Comme il l'avait vu, un quart d'heure plus tard, se lever, pousser la porte du bungalow et sortir.

S'approchant du chevet du garçon, Rémi se pencha au-dessus de lui et, plongeant une main dans sa poche, il en extirpa un sifflet qu'il agita devant les yeux ouverts fixement.

– On va voir Astrée.

Avec une rapidité surprenante, la main d'Hugo voulut happer l'objet, mais Rémi écarta son bras au dernier moment. Ils jouèrent ainsi silencieusement jusqu'à ce que le petit autiste soit dehors, puis, sitôt la porte refermée, Rémi lui laissa le sifflet.

Les deux silhouettes s'engagèrent dans le dédale de passerelles qui menait au local réfrigéré. Rémi prit le chemin que l'enfant affectionnait, mais il avait le sentiment que cette précaution était superflue. Hugo était très calme, aussi différent du Hugo habituel que le sont le jour et la nuit.

Ils parvinrent sans encombre au bâtiment. Rémi

avait vérifié la veille au soir que la porte ne fermait pas à clef. Tout était toujours ouvert dans ce delphinarium et bientôt, grâce à la mort regrettable de la dauphine, l'enclos des dauphins le serait aussi. La Commission tunisienne de protection des baleines et des dauphins exigeait de la direction qu'elle pratiquât une ouverture dans le grillage. Ce serait un semi-enclos, où les dauphins vivraient en semi-liberté, car les bêtes, habituées à être nourries, étaient conditionnées à revenir. Mais un vent de liberté soufflerait malgré tout…

L'adolescent barra le passage à Hugo qui s'apprêtait à ouvrir la porte.

– Tu veux voir Astrée ? Tu sais qu'elle est morte. Mais tu peux lui dire au revoir, si tu le souhaites.

Hugo laissa retomber sa main. Il commença à frotter son pied dans la poussière. Une longue minute passa ainsi. L'enfant leva soudain les yeux vers Rémi.

Celui-ci avala sa salive. Hugo le regardait. Il le regardait *vraiment*.

– Si tu veux que je t'ouvre, reprit doucement Rémi, il faut que tu me dises si c'est toi qui a fait sortir Astrée de l'eau, la nuit dernière.

Aucune réaction. L'enfant se mordillait les lèvres.

– Dis-moi la vérité, Hugo.

Le garçon se mordit plus fort les lèvres et fixa à nouveau le sol. Rémi perçut sa respiration qui s'accélérait. S'accroupissant à sa hauteur, il posa la main sur son épaule.

– Moi non plus je ne dormais pas, continua-t-il.
Je t'ai vu. Je n'ai rien raconté pour que tu ne sois
pas grondé, mais je t'ai vu sortir.

Hugo gardait les yeux obstinément baissés, mais
Rémi pouvait sentir sous ses doigts le petit corps
qui tremblait de la tête aux pieds.

L'enfant releva brusquement le visage. Ses yeux
brillaient de larmes, mais il soutint le regard de
Rémi. Quelques secondes passèrent ainsi. L'adolescent était lui-même à deux doigts de pleurer.

– Je sais que tu ne l'as pas fait exprès, dit-il. Tu
voulais juste qu'elle vienne te voir, n'est-ce pas ?

Hugo se mit à sangloter tout doucement.

– La mort d'Astrée ne sera pas inutile, dit Rémi
en serrant l'enfant contre lui. Maintenant, les autres
dauphins seront mieux traités.

L'odeur de la mort semblait raréfier l'atmosphère
de la salle où les deux garçons pénétrèrent. À
l'aide de la lampe électrique, Rémi repéra l'épais
rideau qui obstruait le sas donnant sur la pièce
réfrigérée.

– Viens.

Hugo obtempéra. Dans une de ses mains, il ser-
rait son agrafeuse, dans l'autre ce sifflet, tombé de
sa poche la veille au soir au restaurant, et dont
Rémi avait réussi à s'emparer avant que quelqu'un
le remarque. Sous le faisceau de la torche, une
énorme masse jaillit de l'obscurité : la dauphine,
l'œil grand ouvert sur des abîmes insondables. Le
cœur serré, Rémi se tint à l'écart, laissant Hugo

faire ce que bon lui semblait. Il fallait simplement que l'enfant voie, qu'il constate que l'animal était mort.

D'abord, Hugo ne fit rien du tout. Il resta devant le cadavre sans que l'adolescent sache s'il le regardait ou s'il était parti dans ses pensées. Rémi se demanda même à plusieurs reprises si le garçon ne dormait pas les yeux ouverts. Mais soudain, il leva le bras et porta le sifflet à sa bouche. Il allait souffler, quand il se ravisa et tourna la tête en cherchant Rémi des yeux.

— N'oublie pas qu'elle est morte, rappela l'adolescent.

Lentement, l'enfant baissa son sifflet. Un long moment passa encore.

C'est alors que Rémi perçut un petit bruit. *Clic clic clic*. Hugo suçait son agrafeuse, mais ce n'était plus le geste mécanique de l'autiste. Il se servait de l'instrument pour communiquer. Lui seul savait ce qu'il avait à dire à la dauphine…

Les *clics* se poursuivirent très longtemps dans la nuit, jusqu'à ce que Rémi, qui tombait de sommeil, ramenât doucement l'enfant dans son lit.

Le cri de Claudine réveilla les locataires du bungalow, au petit matin.

— Qu'est-ce qui se passe encore ? gémit Nathalie en émergeant d'un sommeil peuplé de rêves absurdes.

Elle considéra avec stupeur Claudine qui, échevelée, faisait irruption dans sa chambre en pleurant bruyamment. Hugo la précédait, traversant la pièce en direction du lit de Rémi. L'enfant attrapa la main de l'adolescent, qu'il tira fermement vers lui.

— *Rémi !*

— Voilà ce qui se passe ! clama Claudine en éclatant une nouvelle fois en sanglots de joie. Il appelle Rémi. Il parle. Il parle pour la première fois !

May et l'esprit de la mer

de Pascal Deloche et Barbara Castello
illustré par Emmanuel Cerisier

Hier soir, j'ai dîné avec mon fidèle groupe d'amis. Nous sommes cinq – trois filles et deux garçons –, inséparables depuis les bancs du lycée. Aujourd'hui, nous avons des vies très différentes, mais le premier samedi de chaque mois, nous nous retrouvons pour un dîner avec un invité surprise que nous choisissons à tour de rôle. Nos petites soirées nous offrent ainsi de nombreuses rencontres aussi passionnantes qu'insolites : j'ai fait la connaissance d'un pilote de rallye, d'un explorateur, d'une championne de boxe thaïe, d'un spécialiste de la dératisation et d'une lauréate du concours Lépine.

Hier, Denis nous a présenté un écrivain. Un type plutôt original, pince-sans-rire et fascinant. Philéas, c'est ainsi qu'il se nomme, nous a fait mourir de rire en nous rapportant qu'il devait écrire une nouvelle, mais qu'il était en panne d'inspiration. L'angoisse de la page blanche. Chaque jour son éditeur l'appelle pour le presser, mais plus il est stressé, moins il trouve d'idées.

Nous avons sympathisé et il m'a expliqué que sa maison d'édition souhaitait qu'il écrive un récit sur les dauphins, mais une aventure vraie, avec de l'émotion, du suspense et du rythme. Je suis venue à son secours en lui disant que j'étais océanographe et que ma spécialité était justement les cétacés et plus particulièrement les dauphins. Il a sauté sur l'occasion pour me demander si je connaissais des histoires sur ces mammifères marins. Du tac au tac, je lui ai répondu : « La mienne ! » Intrigué, il m'a priée de la lui raconter. Ce que j'ai naturellement fait.

C'était étrange car, parmi mes amis, aucun ne la connaissait vraiment. Ils savaient juste que j'avais quitté mon pays, le Vietnam, dix-sept ans auparavant dans des conditions dramatiques à bord d'une embarcation de fortune. Ils savaient aussi que j'avais transité par un camp de réfugiés avant d'arriver en France sans mes parents. Pour eux, j'étais ce que les médias appellent un boat people[1]. Par

---

1. On appelle boat people (littéralement « bateau de gens » en anglais)

pudeur, peut-être, ils ne m'avaient jamais interrogée sur les détails de mon épopée.

Quand j'eus terminé, Philéas s'extasia. C'était exactement le genre de récit qu'il cherchait. Il sollicita la permission de reprendre mon histoire pour sa nouvelle. Surprise, j'hésitai quelques secondes avant de répondre positivement. L'écrivain me demanda alors de lui enregistrer une cassette relatant cette page de ma vie. Je lui promis de le faire dès le lendemain.

Voilà pourquoi, en ce dimanche ensoleillé, je suis assise à mon bureau. Une tasse de thé au jasmin à portée de main ainsi qu'une solide réserve de pains au chocolat. J'ai retrouvé mon vieux dictaphone, celui que j'utilisais à la fac pour enregistrer mes cours. Mais l'exercice s'avère beaucoup plus difficile que la veille où j'étais dans le feu de l'action face à un public enthousiaste. Là, seule avec moi-même, je ne sais plus par où commencer. Je tourne en rond comme un poisson dans son bocal. Les phrases s'entrechoquent dans mon esprit. Je prends ma respiration et j'appuie sur la touche « enregistrement ».

Je m'appelle May. D'origine vietnamienne, je suis née à Saigon en avril 1975, quelques jours

---

les Vietnamiens qui fuyaient leur pays sur des embarcations de fortune. De 1979 à 1989, ils furent des centaines de milliers à prendre la mer pour trouver la liberté. C'est le plus grand exode maritime de tous les temps.

avant la défaite des troupes américaines face à l'armée communiste nord-vietnamienne. Si pour les nordistes ce fut une grande victoire, pour les sudistes comme nous, le 30 avril marqua le début d'une période noire. Pour ma famille, ce fut terrible. La flottille de pêche que nous possédions fut confisquée par les autorités avec notre belle maison. Papa passa même plusieurs mois en prison. Privé de liberté et de métier, il lui fallait survivre au jour le jour en veillant à ne jamais froisser les nouveaux maîtres du pays. Bien sûr, j'étais trop petite pour tout comprendre, mais j'étais une enfant assez éveillée qui observait et écoutait les adultes.

Un soir de mai 1985, quelques semaines après mon dixième anniversaire, je surpris ainsi une conversation entre mes parents. J'étais dans ma chambre et ils croyaient que je dormais. Mais il faisait une chaleur étouffante. Le ventilateur ne marchait plus, car l'électricité était souvent coupée la nuit, et je n'arrivais pas à fermer l'œil.

Je me souviens que papa parlait d'une voix sourde :

– C'est notre seule chance. Nous en avons déjà longuement parlé, il n'y a plus d'avenir pour nous dans ce pays. La police nous surveille en permanence. Les autorités me reprochent mon passé de patron de pêche et je n'ai toujours pas retrouvé d'emploi. Aujourd'hui, nous survivons grâce à tes talents de couturière !

J'entendis ma mère se moucher et renifler avant de demander :

— On pourrait peut-être attendre et partir avec May ?

— Impossible. Le passeur exige mille dollars par personne. Nous avons déjà vendu tes bijoux, emprunté à la famille… Même en économisant pendant dix ans, nous n'arriverons jamais à partir tous les trois.

— Et si ça tournait mal ?

Papa ne répondit pas et maman enchaîna, la voix nouée par l'angoisse :

— S'il lui arrivait quelque chose, jamais je ne me le pardonnerai. Jamais, tu m'entends ?

— Je t'en prie. J'ai peur, moi aussi, mais nous devons offrir un avenir meilleur à May. Ici, elle est exclue de toutes les écoles à cause de mon passé. Je suis prêt à tenter n'importe quoi pour qu'elle connaisse la liberté. L'oncle Quan, en France, m'a promis de s'occuper d'elle jusqu'au jour où nous la rejoindrons. Il faut avoir confiance. Je connais le chef du boat, il veillera sur elle comme sur sa propre fille. En plus, il m'a assuré que son embarcation était solide. Nous ne pouvons pas manquer cette occasion.

J'entendis maman verser du thé dans deux petites tasses en porcelaine.

— D'où va partir le bateau ?

— De Vung Tau, expliqua mon père d'une voix très basse. Mais le lieu précis est gardé secret pour éviter une dénonciation.

— Où va-t-il ?

— En Malaisie, c'est à seulement quatre jours de mer.

– Et si le boat est attaqué par des pirates ?

– Il y a peu de risques. De toute façon, May est trop jeune pour les intéresser.

– Comment saurons-nous si elle est bien arrivée ?

– Elle nous enverra un télégramme du camp de réfugiés malais. Et un autre à l'oncle Quan qui se mettra immédiatement en rapport avec elle pour accélérer les formalités de départ vers la France. Il nous tiendra au courant de ses démarches.

– May ne sait toujours rien de ce départ ?

– Nous lui en parlerons la veille. Inutile de l'affoler…

Je reconnus le bruit caractéristique du craquement d'une allumette, suivi de l'odeur familière des bâtonnets d'encens. J'entendis ensuite mes parents prier d'une seule voix en une longue mélopée lancinante.

Ce soir-là, je compris que ma vie allait basculer. J'eus l'intuition que jamais plus les choses ne seraient comme avant. En faisant le moins de bruit possible, je me retournai pour chercher le sommeil, mais mon esprit vagabondait.

Trois jours plus tard, papa m'emmena à Vung Tau, un port de pêche baigné par la mer de Chine, à une centaine de kilomètres de Saigon. Installés à l'hôtel Doc Lap, nous attendions que le passeur se manifeste. Il était près de 22 heures. Cela faisait un bon bout de temps que je tournais en rond lorsque trois coups brefs résonnèrent à la porte de la

chambre n° 27. Papa se précipita pour ouvrir. Son visage marqué par la fatigue trahissait son anxiété.

– Il faut partir vite, ordonna un petit homme sec au physique ingrat. Vous, vous restez là. Moi, j'emmène la gamine.

Il me prit la main et attrapa mon sac posé sur une chaise.

– Attendez ! supplia mon père.

Il s'agenouilla devant moi et sortit de sa poche une chaîne au bout de laquelle je reconnus le dauphin en or qu'il portait toujours.

– Ma chérie, je veux te donner mon portebonheur. Il te protégera comme il m'a protégé lors de mes campagnes de pêche. Rappelle-toi toujours que le dauphin est un animal noble. Il est un seigneur des mers mais aussi un fidèle ami de l'homme.

Papa embrassa le précieux bijou avant de me le passer autour du cou. Puis il me serra dans ses bras en murmurant :

— Sois courageuse, j'ai confiance en toi. Bientôt, nous te rejoindrons en France. N'oublie jamais que papa et maman t'aiment très fort.

— Moi aussi, je vous adore, répondis-je dans un sanglot ravalé.

— Pas de temps à perdre, coupa le passeur en me poussant sur le palier. Il faut partir, sinon on va rater le bateau.

Dissimulés sous une bâche en plastique, nous étions une cinquantaine sur la plage à attendre d'embarquer. Il faisait nuit noire et je crevais de peur. Je caressais machinalement le dauphin en or. Peut-être pour m'en faire un ami et l'apprivoiser. Il avait une jolie forme courbe comme s'il bondissait au-dessus de la mer. Ses deux yeux étaient de minuscules diamants.

Par un petit interstice, je devinais la silhouette du passeur qui gesticulait sur le sable. Soudain, il tira de sa poche une lampe électrique. Il l'alluma brièvement à quatre reprises en direction du large. Un bref éclair lui répondit. C'était le signal.

Ce fut alors une cavalcade effrénée. Figée sur place, tétanisée, je regardais les candidats à l'exode décamper tels des lapins affolés. Brusquement, une main vigoureuse m'empoigna. Je courus de toutes mes forces, mais l'homme allait trop vite. Je trébuchai sur un paquet abandonné et tombai lourdement. Mon sauveur s'arrêta et m'aida à me relever. Il prit mon sac et m'encouragea à repartir. Le sable devint plus dur, puis je sentis le contact de l'eau tiède contre mes jambes. Tout autour, les gens se jetaient à la mer afin de rejoindre le canot dont le pilote n'avait pas coupé le moteur.

Rapidement, j'eus de l'eau jusqu'aux épaules. Je paniquai et voulus faire demi-tour.

– Je ne sais pas nager !

– N'aie pas peur, me rassura l'homme, le bateau est tout proche.

Il se retourna et m'ordonna :

– Monte sur mon dos et cramponne-toi !

Les derniers mètres furent épuisants. Autour de nous des femmes surnageaient tant bien que mal. Finalement, nous atteignîmes l'embarcation. Je fus hissée par des bras puissants, mais mon genou heurta violemment le plat-bord[2] et j'atterris sur le dos d'un homme. Des dizaines de corps enchevêtrés tentaient de se dégager.

Soudain, des cris fusèrent de la plage :

– La police, la police !

La panique redoubla. Le bateau manqua de chavirer.

– Nous sommes découverts. Tout le monde a embarqué ? Je pars ! s'écria le pilote.

---

2. Partie supérieure du pont d'un bateau.

Dans un affolement général, il mit les gaz à pleine puissance. Le boat surchargé gagna la haute mer en vibrant de toute sa coque.

J'interromps mon récit et appuie sur la touche « pause » de mon dictaphone. Revivre ces souvenirs m'est douloureux. Pourtant, je n'en suis qu'au début. Je bois une longue gorgée de thé.

Le bateau naviguait depuis plusieurs heures. La tension était retombée et les passagers s'organisaient. Kiet, le pilote, solide gaillard vêtu d'un tee-shirt gris et coiffé d'une casquette bleue, essayait de faire régner un semblant d'ordre.

Pas besoin d'être marin pour constater que ce canot à fond plat, d'à peine onze mètres de long, n'était pas conçu pour la haute mer mais pour la navigation fluviale. L'avant s'ouvrait sur une cale d'où montait une odeur pestilentielle, mélange de déjections, de vomissures, de transpiration, mais aussi de pétrole et d'Eagle Brand, une huile médicinale à base d'essences de menthe et d'eucalyptus que les Vietnamiens se passaient sur les tempes pour lutter contre le mal de mer.

J'avais choisi de rester sur le pont. J'appris que l'homme qui m'avait aidée sur la plage s'appelait Hung. Il était séminariste. Découvrant que je voyageais seule, il me prit sous son aile. Il remarqua le joli bijou que je portais autour du cou. Comme mon père, il vouait une véritable passion aux cétacés. Il me raconta leur extraordinaire capacité à communiquer et leur faculté à déceler ce qu'il y a devant eux. Je me souviens de ses propos comme si c'était hier. J'écoutais, fascinée par tant de savoir.

– Tu vois, May, le dauphin est un animal intelligent. Il possède une sorte de double vue très performante : l'écholocation. Pour repérer un banc de poissons, il émet des ultrasons. Il reçoit en retour les échos qui déterminent la vitesse, la taille et la direction de la proie.

J'écoutais mon nouvel ami avec attention. Aujourd'hui, je crois que c'était pour oublier combien l'heure était grave. Sous les feux d'un soleil brûlant, notre embarcation, ballottée par une faible houle, se traînait à moins de trois nœuds. L'antique moteur tournait bravement dans un cliquetis métallique. Le plat-bord, à seulement vingt centimètres au-dessus de l'eau, nous mettait à la merci d'une grosse vague.

Le matin du deuxième jour, Hung m'avait déniché un petit coin dans le poste de pilotage. Un bien grand mot pour désigner une sorte de cabane en bois qui avait l'avantage d'offrir un peu d'ombre. J'étais ainsi aux premières loges et installée nettement plus confortablement que dans la cale où s'entassaient femmes et enfants. Je n'ai jamais su exactement combien nous étions à bord…

Kiet et Hung, qui par son calme s'était imposé comme second, avaient déplié une vieille carte marine de l'armée américaine achetée à prix d'or au marché noir de Saigon. Les deux hommes tentaient de faire le point, mais leur expérience de la navigation en haute mer se résumait en un seul mot : nulle.

– Je ne suis pas certain de notre direction. J'avais prévu un cap au 140, mais nous avons pris une route plus à l'est pour contourner les garde-côtes vietnamiens. Nous devons nous trouver quelque part ici…

– Nous n'avons pas le choix, constata Hung. Il faut piquer vers le sud pour espérer atteindre la Malaisie.

Je me souviens aussi qu'ils discutèrent des réserves de vivres. Ce n'était guère brillant. Il restait trois jerricanes de cinquante litres d'eau et un sac de cent kilos de riz.

– Il y a aussi les petites provisions apportées par chacun. J'ai vu de la pâte de riz, des galettes de maïs, des racines de manioc, des citrons… C'est un complément, mais c'est loin d'être suffisant, murmura le pilote découragé.

– On peut se passer de manger quelques jours, mais pas de boire. Il faudra rationner l'eau à un gobelet par jour et par personne.

– Nous n'y arriverons jamais, tu as vu la chaleur qu'il fait ! Normalement il faudrait boire deux litres par vingt-quatre heures. Il faut faire demi-tour.

– Il est trop tard et rien ne sert de se lamenter, l'encouragea Hung en essuyant ses lunettes recouvertes de sel.

Le regard triste, je fixai la ligne d'horizon. La mer de Chine avait ce bleu profond propre à la porcelaine du même nom. Soudain, à droite de notre étrave, je vis une forme furtive affleurer à la surface de la mer. Cela dura un dixième de seconde. Intriguée, je me penchai et observai. Rien. Je pensais avoir rêvé lorsqu'un dauphin se porta à la hauteur de la coque. D'un gris superbe, il nageait à fleur d'eau. Il creva la surface limpide et souffla un jet d'eau dans un bruit étrange. Je remarquai le dessin d'une tache blanche en forme de pétale sur sa nageoire dorsale. Je me souviens très bien qu'il inclina la tête pour me fixer de son œil rond. Je sentis un immense frisson me parcourir. Sans réfléchir, je pris le petit dauphin que mon père m'avait donné et le dirigeai vers son congénère. Je me rappelle lui avoir parlé. J'ai dû lui dire quelque chose du genre :

— Regarde, il est aussi beau que toi. Lui aussi est mon ami.

À bord, une étrange effervescence régnait. Tous s'extasiaient sur la beauté du cétacé. Jamais je n'oublierai cette première rencontre avec l'univers des dauphins. J'étais subjuguée par cet animal alliant tant de grâce et de puissance à la fois. Ce fut comme une révélation. Dix-sept ans plus tard, j'ai toujours autant de passion pour ces animaux dont je ne cesse d'étudier le comportement.

Cela faisait maintenant quatre jours que nous avions quitté les côtes vietnamiennes. Chaque heure nous épuisait un peu plus. À bord, la promiscuité rendait l'ambiance électrique. Les disputes devenaient de plus en plus nombreuses. Pour tuer le temps, je passais des heures à scruter la surface de l'eau dans l'espoir de revoir mon ami le dauphin. La veille au soir, j'avais cru l'apercevoir une nouvelle fois mais c'était à la tombée de la nuit et la visibilité était mauvaise.

Le soleil brûlant de la mer de Chine était implacable. Nous avions tous la peau brûlée et la déshydratation nous guettait. Abritée sous le poste de pilotage, je terminais ma maigre portion de riz cuit à l'eau de mer. Hung me donna une partie de sa ration :

— Mange. Tu dois prendre des forces.

— Je n'ai pas faim, mais je meurs de soif. Donne-moi à boire, s'il te plaît.

— Attends encore un peu, me répondit-il avec tendresse. Tu sais, moi aussi j'ai la bouche sèche et la langue gonflée.

À nos côtés, Kiet fixait l'horizon. D'après ses estimations, nous devions être près du « rail », la voie maritime reliant Singapour et Hong Kong, empruntée chaque jour par des dizaines de navires marchands. Nous espérions en croiser un afin qu'il nous porte secours.

Tout à coup, le pilote lança un cri de joie en tendant l'index :

— Bateau à bâbord !

C'était encore un minuscule point au loin, mais il semblait grossir de minute en minute. Une espèce de frénésie s'empara de nous. Le navire, un solide chalutier flambant neuf, fonçait droit sur notre embarcation. Son étrave soulevait de grosses gerbes d'écume blanche. Nous pensions que notre calvaire touchait à sa fin. Mais Kiet remarqua très vite le pavillon thaïlandais qui flottait à côté de l'antenne radio. D'une voix d'outre-tombe, il lâcha :

– Des pirates !

La terreur s'empara des boat people. Cette rencontre, chacun en avait la hantise. Synonyme de pillage dans le meilleur des cas, mais aussi de violence, de viol et de mort. Dans une sorte de panique collective, les femmes s'enlaidirent en s'enduisant le visage et les membres de cambouis, aidées par les hommes qui redoutaient de voir leur épouse se faire brutaliser sous leurs yeux, sans pouvoir esquisser le moindre geste.

– Inutile de résister, sinon nous allons nous faire massacrer, recommanda Kiet.

Le séminariste m'enjoignit de rester près de lui.

– Si on te demande quelque chose, dis que je suis ton père.

L'abordage se fit par tribord : un choc brutal qui manqua de faire chavirer le bateau. Trois Thaïlandais nous mirent en joue avec des armes automatiques. Cinq hommes trapus, armés de machettes, sautèrent sur le pont. L'un d'eux, mal rasé, le torse couvert de tatouages, ordonna dans un mauvais anglais :

– Debout ! Votre argent et vos bijoux !

Un à un, mes compatriotes obéirent. La peur se lisait dans leurs regards. Déséquilibrée, l'embarcation tanguait dangereusement. Un jeune homme, terrassé par la dysenterie, reçut un violent coup de coude dans la mâchoire pour ne pas s'être exécuté suffisamment vite. Il tomba évanoui parmi les immondices qui jonchaient la cale.

La fouille commença. Systématique, implacable. Les pirates arrachaient les alliances, éventraient les bagages, piétinaient les vêtements et les effets personnels, et jetaient pêle-mêle leur butin dans un grand sac de toile. Ceux qui traînaient étaient rudoyés, menacés des pires sévices. Terrorisés, ils finissaient tous par extraire d'une semelle ou de la doublure d'un pantalon quelques grammes d'or.

Malgré la panique et la peur, j'eus le réflexe d'enlever discrètement la chaîne de mon cou et de retirer le précieux dauphin donné par mon père. Je le glissai dans la poche de mon short et gardai la chaîne en évidence à la main, prête à la donner aux pirates qui se rapprochaient du poste de pilotage.

Le plus âgé, dont la joue gauche était barrée par une vilaine cicatrice, s'approcha de nous. Il s'adressa à Hung en aboyant :

– Et toi ?

Sans répondre, le séminariste sortit son paquet de cigarettes Hoa Mai à moitié plein. Il extirpa les quatre premières et les posa sur la carte marine. Puis il cassa les cinq suivantes dans sa main et les tendit au pirate. Au milieu du tabac et des feuilles déchirées, cinq petits cylindres d'or de deux centimètres de long se mirent à briller au soleil. Le

Thaïlandais sourit, dévoilant ses dents jaunes. Sans un mot, il s'en empara et les enfouit dans sa poche. Puis il se tourna vers moi. De sa main crasseuse, il me souleva le menton. Je me souviens d'avoir entendu Hung dire d'une voix assurée :

– C'est ma fille, ne lui faites pas de mal.

L'homme me dévisagea. Son haleine fétide avait des relents de saumure de poisson. Ce face-à-face dura une éternité. Son regard cruel me transperçait. J'enfonçai ma main libre dans ma poche et serrai mon dauphin en or de toutes mes forces. Comme par enchantement, un miracle se produisit : un dauphin apparut, crevant la surface de l'eau en une belle gerbe d'écume blanche. Je reconnus immédiatement la tache claire sur sa nageoire dorsale. C'était mon ami. Il était là, il avait entendu mon appel ! Il nageait à reculons, sur le dos, en frappant les vagues de sa queue. Il poussait aussi d'étranges petits cris qui attirèrent l'attention du pirate, puis il plongea et nagea quelques secondes avant de resurgir en faisant un magnifique saut hors de l'eau. Il semblait presque planer au-dessus de la mer.

Cette apparition providentielle me sauva la vie. Amusé par le spectacle offert par le cétacé qui multipliait les cabrioles, le Thaïlandais se désintéressa de moi.

– Très jolie, mais trop jeune ! grogna-t-il avant de m'arracher ma chaîne en or.

Plus surprenant, il jugea même que son butin était suffisant et ordonna à ses hommes de rega-

gner leur bateau. Ils nous bousculèrent en nous injuriant pour le plaisir de nous humilier. Enfin, le chalutier se dégagea de notre coque et s'éloigna de toute la puissance de ses moteurs.

– On s'en est plutôt bien tirés, soupira Hung, le visage défait par l'angoisse.

Au même moment, comme s'il avait compris cette fin heureuse, notre protecteur effectua un ultime bond avant de disparaître dans les profondeurs des flots bleus. C'était sa façon de nous tirer sa révérence.

J'interromps un instant le fil de mon histoire et mords à pleines dents dans un pain au chocolat tout en rassemblant mes souvenirs. Très souvent, je m'interroge encore sur l'apparition providentielle de ce dauphin. Comment a-t-il perçu la présence du danger ? Pourquoi est-il venu à notre secours ? Quel instinct l'a-t-il conduit à faire le pitre pour détourner l'attention de nos agresseurs ? Autant de questions sans réponses. Mais je suis certaine que cette expérience troublante m'a influencée dans mon choix d'embrasser une carrière d'océanographe. Quelque part au fond de moi brûle toujours le désir de percer à jour l'univers mystérieux des mammifères marins.

Le sixième jour s'était levé sur un ciel sans nuage. Il allait faire encore très chaud. Le cocktail soleil et sel devenait de plus en plus éprouvant à supporter.

– Je payerais cher pour connaître notre position exacte, marmonnait Kiet, penché sur sa vieille carte qui partait en lambeaux.

– Tu n'en as vraiment aucune idée ? demanda Hung avec anxiété.

– Je ne sais ni la vitesse exacte du bateau ni la direction des courants. La seule chose dont je sois à peu près sûr, c'est de notre cap.

– Au moins, on ne risquera pas de se retrouver au Vietnam, essaya de plaisanter Hung.

L'affaiblissement général se manifestait pour certains par un abattement profond, pour d'autres par une irascibilité qui se traduisait par d'incessantes disputes. Les journées s'éternisaient, dominées par une interminable attente. L'attente de croiser un cargo, l'attente d'atteindre la terre ferme, l'attente de la prochaine ration de riz. Et pour moi, l'attente de revoir le mammifère marin. Cet espoir me donnait une force et une énergie qui m'aidaient à traverser notre épreuve. Je parlais sans cesse à mon petit dauphin en or. J'espérais qu'il transmettrait mes messages à son grand frère des océans.

La nuit du septième jour fut marquée par un événement des plus graves : le moteur rendit l'âme. Son ronronnement familier qui nous accompagnait depuis une semaine laissa place à un silence inquiétant.

La houle faisait tanguer dangereusement le bateau surchargé. Par moments, des paquets de mer balayaient le pont et inondaient la cale. Dans l'obscurité, à l'aide de casseroles et de récipients hétéroclites, nous écopions comme des fous.

– Encore un effort, il ne faut pas faiblir ! cria Kiet.

Imperceptiblement, au fil des heures, le navire s'enfonçait dans les flots. Les enfants pleuraient. Notre boat prenait une tragique allure de radeau de *La Méduse*[3].

Pour la troisième fois en moins d'une heure, Hung pencha la tête par-dessus bord pour essayer de vomir. Son estomac le brûlait. Il ferma les yeux pour tenter de calmer ses vertiges, puis il se releva péniblement et prit place à mes côtés sur une vieille caisse en bois.

– Ça va ? se força-t-il à dire.

– Je pense à mes parents. Mon père m'a demandé d'être courageuse. Je ne veux pas le décevoir, mais j'ai mal au ventre. J'ai soif…

– Je sais. Demain, nos réserves seront épuisées.

– Et après ?

Hung préféra ne pas répondre. Il murmura simplement, comme pour se rassurer :

– Avec un peu de chance, il pleuvra cette nuit.

La sonnerie stridente du téléphone retentit. Je coupe le dictaphone, mais je ne décroche pas.

---

3. Après le naufrage de leur navire *La Méduse*, en juillet 1816, 149 personnes passèrent douze jours à bord d'un radeau. Seulement 15 d'entre elles survécurent.

J'entends le répondeur se déclencher et la voix de mon interlocuteur résonne :

— C'est Philéas, ton biographe officiel. Je voulais te dire que, hier soir, j'ai été bouleversé par ton récit. J'aimerais vraiment écrire ton histoire. J'ai déjà pensé à un titre : *May et l'esprit de la mer*[4]. Qu'en dis-tu ?

L'écrivain raccroche. Je reste quelques secondes immobile. Je dois maintenant aborder la partie la plus éprouvante de mon aventure car la panne du moteur marque un tournant décisif dans notre périple. Jamais je n'oublierai ce terrible huitième jour.

— Hung, regarde, ils boivent leur urine. Ils vont être encore plus malades.

Le séminariste détourna son regard de la cale. Le spectacle de ce tapis humain, de ces corps brûlés par le soleil, lui était devenu insupportable. Il passa la main dans ses cheveux collés par le sel et la transpiration, essayant d'oublier l'odeur qui flottait sur le boat, mélange abject de pourriture et de mort imminente. Pour ma part, épuisée, je suçotais mon tee-shirt qui avait gardé un peu d'humidité de la pluie tombée à l'aube.

— Tant que les courants nous portent vers le sud, il y a de l'espoir, insista Kiet. La Malaisie ne

---

[4]. Dauphin vient du grec *delphis* qui signifie « l'esprit de la mer ».

devrait plus être très loin. Un jour ou deux… Ou plus… Enfin, je ne sais pas exactement.

– Nous ne tiendrons jamais.

– Je sais. Surtout les enfants.

Kiet marqua un temps d'hésitation et demanda à voix basse, pour que je n'entende pas :

– Tu es bien prêtre, Hung ?

– Non, pas encore, juste séminariste.

– Pourrais-tu tout de même prendre les dispositions en prévision des premiers décès ?

Ces mots me glacèrent le sang. Je pris conscience que la mort nous menaçait. Une mort lente, terrible, inexorable. L'idée de périr de faim et de soif, perdue en pleine mer de Chine, me fit sangloter. Je voulais vivre. Revoir mes parents. Prouver à papa que j'avais été courageuse comme il me l'avait demandé en m'offrant son porte-bonheur. Depuis que je n'avais plus la chaîne en or, je le gardais au fond de ma poche, emballé dans mon mouchoir afin de ne pas le perdre. Je le sortis et le contemplai. Le bijoutier avait réalisé un travail d'une précision remarquable. L'anatomie de ce mammifère marin était parfaite. L'artiste avait même dessiné le petit évent situé sur le sommet du crâne, qui lui sert à respirer.

Pour passer le temps, je captais les rayons du soleil et les réfléchissais sur la surface de l'eau. Cela faisait une tache lumineuse que je pouvais déplacer en inclinant le bijou de gauche à droite ou de haut en bas. Je m'amusais à créer des figures géométriques imaginaires ou des lettres. J'écrivis le mot *ca he* qui signifie « dauphin » en vietnamien. À l'instant précis où je terminais le dessin du *e*, la mer s'irisa. Intriguée, j'écarquillai les yeux et l'incroyable se produisit encore une fois. Il était là, comme s'il avait répondu à mon ultime appel ! Il nageait en cercle autour de notre bateau. Son aileron creva la surface de l'eau et créa un joli sillage régulier. J'appelai Hung pour l'avertir de cette nouvelle apparition. Il en fut stupéfié.

Peu à peu, tous les naufragés trouvèrent assez de force pour se redresser et suivre l'étrange danse de mon ami. L'animal évoluait maintenant tout contre notre coque qu'il frappa par trois fois. Puis il vint vers la plage arrière, juste là où je me tenais. Il s'approcha encore et tendit sa tête vers moi. Je me penchai hors du canot et le caressai. Je me souviens très bien du contact de sa peau lisse sur la paume de ma main. Une sensation nouvelle et agréable. Ce face-à-face dura longtemps. Le temps semblait suspendu.

Je ne sais pas si c'était à cause de la faim ou de la déshydratation, mais mes sens me paraissaient exacerbés. J'étais certaine qu'il était revenu pour me sauver, pour nous sauver. Mes yeux rivés dans les siens, je tentai de comprendre son message. Il se dégagea de ma main et son rostre cogna l'arrière de la coque. Par d'habiles coups de nageoire, il fit tourner légèrement notre bateau. Il appliqua ensuite son bec contre le bois et donna plusieurs impulsions puissantes avec sa queue. Son manège m'apparut alors comme une évidence. Tout excitée, je criai à mes compagnons d'infortune :

– Il nous montre la direction à suivre pour atteindre la terre ferme. Il veut nous sauver !

Tous me regardèrent, incrédules, mais Hung vint à mon secours.

– May a peut-être raison. Et cela ne coûte rien d'essayer.

Les hommes fabriquèrent des rames de fortune avec des planches arrachées au poste de pilotage. Puis ils se mirent à pagayer tant bien que mal. Malgré l'épuisement, nous avions retrouvé un regain d'énergie comme si nous jouions notre dernière carte.

Mon ami le dauphin salua notre initiative par de curieux cris aigus. Il cessa alors de nous pousser pour nous escorter. Il nageait deux ou trois mètres devant nous pour indiquer le cap à suivre. J'avais été chargée de passer à la proue et de ne pas quitter notre protecteur du regard. J'étais extrêmement fière de cette mission importante. Le dauphin était magnifique. Par moments, il plongeait et disparaissait pour chasser quelques poulpes ou poissons, mais il revenait toujours se placer en avant pour nous guider.

La nuit tomba rapidement. J'eus de plus en plus de difficulté à suivre le mammifère marin et à garder les yeux ouverts. La main enfouie dans ma poche, je serrais le pendentif en or comme mon bien le plus cher.

Je fus brutalement réveillée par des cris de joie.

– Terre ! Terre !

– On est sauvés…

– Victoire !

Dans l'aube naissante, je découvris un îlot au loin. Il se détachait nettement dans la lumière orangée. Cela semblait trop beau pour être vrai. Mais alors, ce qui me parut le plus extraordinaire, c'était la présence du dauphin. Il ne nous avait pas quittés depuis la veille. Il nageait toujours trois mètres devant nous.

À bord, nous étions surexcités. On s'embrassait. Certains pleuraient. Les hommes redoublaient d'ardeur pour atteindre au plus vite la terre ferme.

Il nous fallut presque quatre heures pour atteindre la côte. Des villageois massés sur le rivage nous adressaient de grands signes. Kiet ancra le bateau à une centaine de mètres du rivage car il craignait de s'échouer sur la barrière de corail.

Accrochée au dos de Hung, je fus la première à sauter à l'eau. Le cétacé nous laissa le rejoindre et je m'agrippai à sa nageoire dorsale. Il prit alors la direction de la plage. Je le caressai et le remerciai en pleurant. Peu à peu, je réalisai que j'étais saine et sauve, que j'avais échappé à une mort certaine, que j'allais vivre !

Le mammifère marin s'arrêta et je découvris que j'avais pied. Il me regarda puis m'éclaboussa d'un grand coup de nageoire avant de repartir vers le large rejoindre les siens. Il fit un ultime saut comme un dernier salut avant de disparaître à tout jamais. À cet instant, je me promis de consacrer mon existence aux dauphins, à cet animal à qui je devais la vie.

Épuisée, j'atteignis enfin le sable. Je titubai d'un pas maladroit et soudain, tout se mit à tourner. Mes jambes refusaient de me porter. Je garde la vision fugitive de gens accourant vers moi. Et puis plus rien, un voile noir devant les yeux. Je perdis connaissance.

J'arrête le magnétophone et éjecte la cassette. J'écris la date et mon nom. Voilà, j'ai terminé. Mon histoire est sur la bande. Enfin presque, car je tiens à garder l'épilogue pour moi.

Quelques mois après mon arrivée en France, j'appris par une lettre que mes parents s'étaient à leur tour embarqués sur un boat pour venir me rejoindre. Hélas, ils eurent moins de chance que moi. Leur bateau avait été retrouvé vide, dérivant au large des Philippines. Personne ne sut exactement ce qui s'était passé. Pillage, tempête, naufrage, panne de moteur ? Peu importe… Enfin, moi, je sais que mon père avait réalisé un beau sacrifice en m'offrant son porte-bonheur. Je suis intimement convaincue que ce joli pendentif en or m'a sauvé la vie. Peut-être que s'il l'avait gardé sur lui, un dauphin serait venu le guider ? Je prends le précieux bijou que je porte jour et nuit. Je l'embrasse en fermant les yeux. Je sens deux larmes rouler sur mes joues.

Dauphin farceur

de Giorda
illustré par Bruno Bazile

10 juillet 2001

Jérôme coupe le moteur de son bateau et se laisse doucement dériver vers l'intérieur de la calanque. Car il ne veut pas effrayer « son » dauphin.

Ils se sont rencontrés pour la première fois au tout début du mois, le premier jour des vacances. Jérôme était parti avec le Zodiac du Marineland de la Côte faire un petit tour en mer, avec la permission de son père, bien entendu. Et, en arrivant à proximité de cette calanque, il avait vu un dauphin qui sautait dans les vagues. D'abord, il l'avait suivi de loin, histoire de s'amuser. Et quand il l'avait perdu de vue, il avait coupé le moteur, comme aujourd'hui, s'était mis debout pour le retrouver, dos bleu, ventre blanc, au milieu des vagues.

Le dauphin avait profité de l'arrêt du bateau pour se glisser dessous et reparaître de l'autre côté. La manœuvre avait failli faire perdre l'équilibre à Jérôme. Il s'était rattrapé de justesse en battant des bras, pendant que le dauphin, qui le regardait de loin, semblait beaucoup s'amuser. Jérôme avait même cru l'entendre rire !

Depuis, ils sont devenus amis. Plus exactement, le dauphin vient dans la calanque quand le Zodiac s'y arrête. Mais il ne se laisse pas vraiment approcher.

Alors, aujourd'hui, Jérôme est venu avec un seau rempli de sardines et d'anchois qu'il a pris au bord d'un bassin du Marineland. Car c'est toujours avec un petit poisson que son père récompense ses animaux savants pendant son spectacle.

Le dauphin est là, fidèle au rendez-vous, au milieu de la calanque déserte.

Jérôme prend une sardine dans le seau, la lance devant lui. Le dauphin plonge aussitôt dans l'eau, en ressort aussi vite. L'a-t-il mangée, cette sardine ? Il fait non de la tête. Jérôme lui en lance une autre, puis une autre… et finit par jeter tout le contenu du seau par-dessus bord ! Cette fois, le dauphin ressort de l'eau en tenant dans son long bec un maquereau encore vivant.

— Bravo ! s'écrie Jérôme, ravi. On dirait un numéro de magie.

Là-bas, le dauphin, après avoir avalé son poisson, salue son public avant de repartir vers le large…

12 juillet 2001

Jérôme a beaucoup réfléchi, tellement même qu'il a décidé d'apprendre à dresser les dauphins.

— Comme ça, se dit-il, je saurai enfin comment approcher mon dauphin !

Voilà pourquoi, ce matin, il est debout au bord d'un bassin de dressage, au garde-à-vous. Il n'est pas le premier garçon à venir demander un emploi au Marineland pendant l'été. Comme tous les autres, il pourrait réciter :

— Je m'appelle Jérôme. Je suis en vacances pour deux mois. Mon père m'autorise à venir travailler.

Il faut dire qu'ici, on ne badine pas avec la discipline. C'est comme au cirque. Chacun doit marcher droit. Même les dauphins dans leurs bassins !

Mais Jérôme ne dit rien. Tout simplement parce que le directeur du Marineland, c'est son père. Tous les après-midi, il présente aussi les numéros d'orques et de dauphins savants devant un public nombreux.

M. Benoît, comme l'appellent tous ses employés, a été un grand dresseur de fauves en son temps. Gravement blessé au cours d'un spectacle, il s'est reconverti dans le dressage des dauphins. C'est moins dangereux. Du moins, on n'a jamais entendu dire que ces bêtes-là mordaient ou griffaient leurs dresseurs !

– Toi ? À ton âge ? s'était exclamé l'ancien dompteur quand Jérôme était venu lui parler de son projet.

– Oui ! avait répondu le garçon. C'est toi qui m'as dit que tu avais commencé jeune.

– C'est vrai. Mais moi, c'est différent. C'était l'époque héroïque. Mes parents vivaient dans une caravane, juste à côté de la cage des fauves. On respirait leur odeur. On les entendait rugir ou feuler…

– Mais ici, c'est pareil avec les dauphins ! Sauf qu'ils ne sentent rien, eux. Et qu'ils ne grognent pas.

Jérôme avait raison. Les dauphins ne dégageaient pas d'odeur particulièrement désagréable. Par contre, les stocks de poissons dont on les nourrissait n'embaumaient pas spécialement. Les visiteurs n'y faisaient pas attention, alors que Jérôme avait tout le temps cette odeur dans le nez. Mais il n'avait pas rappelé à son père cette particularité des Marinelands, de peur de le vexer.

– Alors, c'est oui ? avait insisté Jérôme.

Pour le convaincre, il lui avait dit, comme on lance une sardine à un dauphin :

– Comme ça, plus tard, je pourrai reprendre l'affaire à ta place…

C'était un bon argument. Dans les cirques, on se succède toujours de père en fils. Jamais dans l'ordre inverse !

Et son père avait cédé :

— D'accord. Je vais te confier à M. Clément, mon assistant. C'est un excellent dresseur… de poissons ! Avec lui, ils retombent toujours pile dans le bec des dauphins.

Il avait ri. Jérôme aussi. Il n'imaginait pas à quel point M. Clément pouvait être sévère.

Il aurait dû savoir, pourtant, combien il est dur de discuter avec un dompteur ! Même les fauves y arrivent difficilement. Ils ont beau lui montrer les dents, le menacer de terrifiants coups de griffes, ils ont rarement raison contre lui. Au contraire ! En général et sans poser de questions, ils vont sagement s'asseoir sur le tabouret qu'il leur désigne aimablement, ou bien ils sautent à travers le cerceau enflammé qu'il veut bien leur tendre.

— Il faudra être docile et patient avec moi, commence M. Clément en arrivant à son tour au bord du bassin. M'obéir sans discuter. Compris ?

Jérôme hoche la tête. Pour un peu, il tendrait la main droite et jurerait, comme au tribunal. « Ça commence bien ! », pense-t-il.

Dans l'eau bleue tourne un jeune dauphin, capturé récemment.

— Ne reste pas planté là comme un mât ! s'écrie brusquement M. Clément, qui paraît déjà en colère contre lui alors que la leçon n'a pas encore commencé.

— J'attends vos ordres, monsieur, répond Jérôme poliment.

– Et si je n'étais pas venu, tu serais resté là toute la matinée à m'attendre ?

– J'étais sûr que vous viendriez. Mon père…

– Ton père m'a recommandé d'être sévère !

M. Clément a-t-il vraiment besoin qu'on le lui recommande pour l'être ? Le garçon n'a pas le temps de répondre à cette excellente question car la séance commence enfin.

– Première leçon ! Tout animal doit être appelé par un nom jusqu'à ce qu'il sache que c'est *son* nom. D'accord ? Celui-là s'appelle Diabolo. Ordre de M. le directeur. Exécution !

Et Jérôme passe la matinée entière à montrer à Diabolo un petit poisson, qu'il tient du bout des doigts – à cause de l'odeur ! – tout en lui répétant d'une voix sucrée :

– Diabolo ! Diabolo !

Et lorsque le dauphin vient enfin vers lui, il le récompense, soit en lui caressant le sommet du crâne, soit en lui donnant le poisson.

– Fin de la première leçon ! déclare-t-il quand arrive midi.

Au Marineland, en effet, l'après-midi est consacré aux spectacles. Jérôme peut alors prendre le Zodiac. Et partir retrouver son dauphin…

16 juillet 2001

En fait, la première leçon continue toujours, même si Jérôme commence à trouver le temps

long à répéter : « Diabolo ! Tu t'appelles Diabolo ! »
La seule chose intéressante qu'il ait apprise, jusqu'à
présent, c'est que l'animal préfère le poisson aux
caresses. « En voilà au moins un que cette odeur ne
gêne pas », pense-t-il. Et chaque fois que Diabolo
répond à l'appel de son nom, le garçon a le sentiment de faire des progrès.

— Il faudra bientôt que je trouve un nom à mon
dauphin, dit-il à haute voix. Tu m'aideras ?

Mais il ne faut pas compter sur Diabolo pour
faire la conversation !

Ce dernier semble cependant bien s'amuser
depuis quelques jours, surtout lorsque Jérôme le
félicite. Pourtant, au fond de lui, le garçon pense
que ce n'est pas très difficile de répondre à l'appel
de son nom. Lui, il a l'impression de faire ça depuis
toujours.

Et voilà qu'il s'interroge :

— Est-ce que mes parents me lançaient des sardines à moi aussi, lorsque j'étais petit, en me
disant : « Jérôme ! Tu t'appelles Jérôme ! » ?

Pas de réponse.

Alors, il reprend la leçon :

— Diabolo ! Tu t'appelles Diabolo !

Le dauphin s'approche du bord et réclame sa
sardine.

— C'est bien, c'est très bien même ! lui dit
Jérôme en lui grattant le crâne.

Si Diabolo savait parler, peut-être le féliciterait-il
à son tour d'un : « C'est bien, mon petit Jérôme. Tu
lances les poissons mieux que M. Clément ! » Et ça,

ce serait un fameux compliment. Mais Diabolo reste muet, comme M. Clément qui passe de temps en temps au bord du bassin, regarde travailler son élève sans rien dire, repart aussi sec.

— Si au moins il ouvrait la bouche, pense Jérôme, je lui lancerais un anchois...

21 juillet 2001

Au bout d'une semaine, M. Clément lâche enfin, du bout des lèvres :

— J'ai vu mieux, pour un débutant. Mais comme tu es le fils du patron, on va dire que ce n'est pas trop mal...

Encore une fois, Jérôme n'a pas le temps d'ouvrir la bouche pour protester. M. Clément est déjà loin. Et il n'a donné aucune consigne nouvelle, sinon un bref : « Continue ! »

Et le garçon continue. C'est-à-dire qu'il répète inlassablement : « Diabolo, Diabolo ! » tout en brandissant un anchois bien odorant.

Il ne prend même plus la peine de viser quand il le lance au dauphin. Et voilà qu'au lieu d'atterrir juste devant le bec de Diabolo, l'anchois retombe sur la plage en ciment qui borde le bassin. Le dauphin se précipite, mais le poisson reste hors d'atteinte.

— Mon pauvre Diabolo, s'exclame Jérôme. C'est vrai, tu ne peux pas sortir de ton bassin pour le prendre ! Tu serais mieux là-bas, ajoute-t-il en se retournant vers la mer toute proche.

Pendant ce temps, le dauphin n'a pas cessé de le regarder. Il n'a pas son air moqueur, cette fois. Au contraire. Jérôme est sûr qu'il est triste parce qu'il est prisonnier de ces parois de béton bleu. Du coup, il pense à son dauphin qui nage librement dans la mer et qu'il retrouvera sûrement cet après-midi encore. Comment faire pour que Diabolo se joigne à eux ?

22 juillet 2001

Ce matin, au lieu d'aller retrouver Diabolo dans son bassin, Jérôme est monté voir son père dans son bureau pour lui parler du dauphin prisonnier. Mais M. Benoît, directeur du Marineland, se contente de rire, tout en continuant à feuilleter une pile impressionnante de factures.

– En prison, les dauphins ? s'exclame-t-il. Tu n'as jamais vu de lions en cage, alors ! Eux, ils n'ont même pas la place de bouger. Alors que ton Diabolo peut nager, plonger, sauter…

Jérôme veut protester :

– Je n'ai jamais dit que je trouvais bien de mettre les lions en cage !

– Tu crois que c'est mieux d'être chassé et tué en pleine savane ? répond M. Benoît qui ne déteste pas avoir le dernier mot. Et puis, c'est comme ça. Ici, nous vivons grâce aux dauphins. D'ailleurs, nous ne les maltraitons pas. Nous leur donnons du bon poisson, alors…

Alors, d'un geste de la main, de ce geste impérieux du dompteur qui a dressé des fauves bien plus dangereux que son propre fils, il montre à Jérôme, à travers la grande baie vitrée de son bureau, le bassin où Diabolo continue de nager en rond.

– Demande plutôt à M. Clément de passer à la deuxième leçon.

Puis il décroche son téléphone pour bien signifier que l'entretien est terminé. Et il appelle sa banque.

Jérôme retrouve M. Clément au bord du bassin. Le dresseur est aussi souriant qu'une borne à incendie placée à l'entrée d'un cimetière !

– Puisque tu y tiens, on va changer. Dorénavant, tu apprendras le demi-tour sur place à Diabolo. Regarde…

Se plaçant en face de Jérôme – comme si c'était lui le dauphin ! –, M. Clément claque des doigts avant de faire un geste circulaire avec son bras droit.

– Et hop ! Voilà, tu as compris ? Bon, tu connais la récompense…

Il s'en va, laissant Jérôme seul au bord du bassin. Le garçon se retourne vers Diabolo, l'appelle pour attirer son attention. Le dauphin se précipite vers lui. Content de voir qu'il lui obéit, Jérôme claque des doigts, agite son bras, crie : « Et hop ! » Hélas, il perd l'équilibre, cherche à se rattraper en faisant un pas de côté… et renverse le seau rempli de poissons ! Il croit entendre Diabolo rire et se moquer de lui.

– Tu as raison, lui lance-t-il en riant. Moi, je fais le guignol et toi, tu te marres !

Il lève la tête. Là-haut, par la grande baie vitrée, il aperçoit son père, assis derrière son bureau, en train d'apprivoiser les fournisseurs, de dompter les factures… et de rugir de temps en temps. « Il n'est pas méchant, pense Jérôme. Je sais qu'il aime bien les animaux dont il s'occupe. Il les soigne quand ils sont malades, il les nourrit correctement et veille à leur confort. Mais je ne crois pas qu'il ait compris ce que j'ai voulu lui dire tout à l'heure. Il est vrai que lui, il a passé beaucoup de temps dans une cage avec ses fauves. Alors, ça ne le gêne pas d'y mettre les autres ! Pourtant, il doit bien y avoir un moyen de dresser des dauphins, de les montrer en spectacle sans pour autant les enfermer... »

– Évidemment ! Comment n'y ai-je pas pensé plus tôt ? s'écrie-t-il brusquement.

5 août 2001

Le temps a passé sans que Jérôme ait pu réaliser son plan. D'abord parce que le Zodiac est tombé en panne. Ensuite parce que son père a menacé de ne plus le lui laisser utiliser, une fois réparé, s'il renonçait à apprendre à dresser les dauphins.

– Tu dois comprendre, mon petit, qu'on finit toujours ce qu'on a commencé...

En effet, le garçon avait tout simplement demandé à son père de relâcher Diabolo. Et, s'il ne le faisait pas, lui, Jérôme Benoît, renoncerait à prendre sa succession !

– Ridicule, avait dit son père. Au cirque, on ne renonce jamais !

Du coup, M. Clément a accepté de passer à la troisième leçon : le saut d'obstacles. Alors, Jérôme a cédé et il a repris le dressage de Diabolo, à contrecœur. Mais puisque c'est le seul moyen de revoir son dauphin... Et puis, il espère bien trouver une solution avec lui, pour Diabolo.

Aussi, dès qu'arrive midi, il se précipite vers la plage, détache le Zodiac enfin réparé, lance le moteur et s'éloigne du rivage. Direction : la calanque. Pourvu que le dauphin soit toujours là.

Il est là !

Cette fois, Jérôme a décidé de changer de tactique. Il a pensé que le dauphin ne se laissait pas approcher parce qu'il avait peut-être peur du gros bateau en caoutchouc. Alors, le garçon se jette à l'eau et nage vers lui.

La mer est calme. Ils sont tous les deux seuls dans la calanque. Que pourrait-il lui arriver ? « D'ailleurs, je nage comme un poisson », se dit-il.

Il s'approche de son dauphin tout en lui faisant des signes de la main.

– Je m'appelle Jérôme ! lui crie-t-il.

Et voilà que son dauphin nage vers lui, en faisant de larges crochets dans l'eau, comme s'il craignait de s'avancer trop vite. Le garçon lui répète son nom en se dressant au-dessus des vagues. Le dauphin approche toujours.

Quand il est tout près de Jérôme, il se dresse lui aussi au-dessus des vagues en le fixant de ses petits yeux vifs. Il semble lui dire : « Pas la peine de me le répéter cent fois. J'ai compris ! Tu t'appelles Jérôme. » Le garçon regrette alors de n'avoir pas emporté un seau d'anchois ou de sardines. Il est parti tellement vite aujourd'hui. Il n'a même pas pris le temps de manger.

Alors, il n'y a plus qu'une chose à faire. Jérôme plonge au fond de l'eau claire. Il traverse un banc d'anchois qui brillent dans le soleil. Comment en saisir un ?

Après plusieurs essais, Jérôme ne ramène du

fond qu'une longue algue brune. « Plus facile de pêcher à la main un poisson mort dans un seau, qu'un poisson vivant au fond de la mer », se dit-il en remontant vers la surface.

Le dauphin n'a pas bougé. Au contraire, il a observé avec intérêt le manège de Jérôme. Ce dernier fait le geste de porter l'algue à sa bouche, comme s'il allait l'avaler. En même temps, pris d'une inspiration subite, il crie :

– Snoo, tu t'appelles Snoo ! Tu as compris ? Toi, Snoo !

Ce nom lui est venu tout à coup en voyant le sourire gentiment moqueur du dauphin.

Celui-ci se met à tourner autour de lui, l'air intéressé.

– Je m'appelle Jérôme ! répète une nouvelle fois le garçon, tout en faisant semblant d'avaler l'algue qu'il tient à hauteur de sa bouche.

Qu'a compris Snoo ? Jérôme le voit plonger à son tour et ressortir presque aussitôt de l'eau. Il tient dans son bec un petit poisson argenté qui frétille encore.

– C'est pour moi ? interroge Jérôme.

Pas de doute ! Snoo le regarde avec tellement d'insistance que, pour lui faire plaisir, Jérôme ouvre la bouche. Aussitôt, le dauphin lui lance le poisson. Mais le garçon est bien incapable de l'attraper. Et le poisson, sans demander son reste, repart à toute allure vers le fond.

Le dauphin plonge à nouveau, revient bientôt avec un autre poisson. Cette fois, il se dresse au-dessus de l'eau, comme Jérôme tout à l'heure. Il semble attendre quelque chose.

— Snoo, finit par lui dire le garçon, tu t'appelles Snoo et moi, je suis Jérôme !

En entendant ce nom, le dauphin lance à nouveau le poisson vers Jérôme, qui le rate tout aussi lamentablement que la première fois. Mais le dauphin, sans se décourager, replonge déjà.

— Fin de la première leçon ! décide enfin Jérôme, en regagnant son Zodiac après plus d'une heure passée dans l'eau avec Snoo.

8 août 2001

Désormais, Jérôme retourne tous les jours dans la calanque. Il fait de grands progrès avec Snoo. Et, naturellement, il en parle à son père en fin d'après-midi, après un spectacle dans lequel Diabolo a fait un peu de figuration en sautant par-dessus un autre dauphin. M. Clément est là, lui aussi.

— Je suis sûr qu'on peut très bien dresser un dauphin en pleine mer, commence Jérôme.

— Pourquoi pas ! répond son père, qui est toujours de bonne humeur après une représentation réussie. En attendant, ne néglige pas ton travail avec Diabolo. C'est plus important.

M. Clément, lui, se contente de ricaner.

— Justement, reprend Jérôme, je voulais te parler de Diabolo. Voilà, supposons que je réussisse à dresser un dauphin en pleine mer… Est-ce que tu libérerais Diabolo pour qu'ils fassent un numéro tous les deux ?

— Ma foi…

— Pas si vite ! grogne M. Clément. Il y a un abîme entre s'amuser avec un dauphin sur une plage et en dresser un jusqu'à ce qu'il soit capable de refaire indéfiniment le même numéro.

— Bien sûr, enchaîne M. Benoît. Et d'ailleurs, je compte bien vous demander votre avis lorsque Jérôme nous présentera son dauphin. S'il en connaît un, naturellement…

— Alors là, ne peut s'empêcher de dire Jérôme, si M. Clément doit s'en mêler, ce n'est pas gagné d'avance !

Et il s'en va retrouver Diabolo dans son bassin.

— Mon pauvre vieux, lui soupire-t-il, tu n'es pas près d'être libéré !

11 août 2001

Depuis ce jour-là, M. Clément, qui n'a pas vraiment apprécié le commentaire de Jérôme, le houspille encore plus, quand il ne s'en prend pas directement au dauphin prisonnier. Alors, tout en continuant à travailler chaque matin au Marineland, Jérôme ne pense qu'à une chose : réussir à dresser Snoo pour libérer Diabolo. Quant à M. Clément, eh bien, il le domptera !

14 août 2001

Aujourd'hui, le vent s'est levé. La mer danse. Cela n'empêche pas Jérôme de se mettre à l'eau.

— Snoo, Snoo, c'est moi, Jérôme !

Le dauphin surgit devant lui en bondissant dans une grande gerbe d'eau qui éclabousse le garçon. Celui-ci plonge aussitôt, ressort de l'eau en brandissant un poisson — mort, naturellement — qu'il garde dans un sac en plastique accroché à la ceinture de son maillot de bain. Il le lance à Snoo qui l'avale avant de plonger à son tour.

Lui, c'est un poisson vivant qu'il lance à Jérôme. Maintenant, le garçon réussit à l'attraper. Seulement, il ne l'avale pas. Il le recrache en direction de Snoo, qui saute pour le saisir avant qu'il ne retombe à l'eau.

— Notre petit numéro de poissons volants est au point, s'écrie Jérôme.

Snoo a l'air tout à fait d'accord... et prêt à recommencer.

— Attends, attends ! s'exclame Jérôme. On va passer à la deuxième leçon.

Le dauphin le regarde avec ce sourire ironique qui ne le quitte jamais.

— Il s'agit du demi-tour sur place, reprend le garçon. Je vais te montrer...

Il lève sa main gauche à hauteur du visage et décrit un cercle autour avec la main droite.

— Et hop ! conclut-il.

Le dauphin fixe sur lui un œil amusé. Mais il ne

bouge pas. Est-ce qu'il n'a pas compris ? Ou bien fait-il semblant de ne pas comprendre ?

– Allons, fais un effort ! l'encourage Jérôme.

Le dauphin secoue la tête, comme pour dire : « Non, pas aujourd'hui ! » Alors Jérôme a une idée.

– Ne bouge pas, dit-il, et regarde bien.

Il prend un peu de recul avant de s'élancer le plus vite qu'il peut en nage libre. Arrivé à hauteur de Snoo, il essaie de sauter tout en tournant sur lui-même. Pas facile à réaliser dans l'eau. Surtout quand on n'est pas un dauphin. Il tombe la tête la première, ressort de la mer en crachant un long jet, comme une baleine.

Snoo le regarde gentiment. Il semble lui dire : « Il ne faut pas te décourager, mon petit ! » Mais il se garde bien de l'imiter. Jérôme recommence. Cependant, à chacune de ses tentatives, il retombe dans l'eau avant d'avoir seulement esquissé un quart de tour. Et le dauphin hoche la tête, comme s'il pensait : « Tu n'y arriveras jamais de cette manière, mon pauvre garçon ! »

Tout à coup, alors que Jérôme s'élance une nouvelle fois, Snoo se glisse sous son ventre et le soulève juste assez pour qu'il ait le temps de faire un demi-tour complet au-dessus de l'eau.

– À toi, maintenant ! fait alors le garçon, content de voir que le dauphin a enfin compris.

Mais Snoo, qui se tient dressé face à lui, secoue la tête de droite à gauche, comme pour dire non. Puis il plonge et ramène un poisson qu'il lance à Jérôme.

« Ma parole, il me récompense ! », songe le garçon.

Snoo hoche vigoureusement la tête. Pas de doute : il est content de son élève ! Jérôme essaie de mâcher le poisson pour faire plaisir au dauphin. Mais impossible, il a trop peur d'avaler une arête ! Du coup, il le recrache. Snoo ne se précipite pas pour l'attraper, comme il le fait d'habitude. Au contraire, il observe Jérôme attentivement. Puis il se glisse à nouveau sous son ventre et le soulève.

Cette fois, le demi-tour de Jérôme est impeccable. Et il est même allé un peu plus haut que Diabolo dans son bassin ! C'est très encourageant. Il se retourne vers Snoo pour le féliciter. Mais le dauphin a déjà disparu au fond de l'eau. Il est sûrement allé pêcher une autre récompense, toute frétillante. Jérôme lui crie :

– Sans arêtes, le poisson, s'il te plaît !

16 août 2001

Depuis deux jours, Jérôme et Snoo perfectionnent le demi-tour. Et Jérôme a dû faire semblant d'avaler plusieurs kilos de poissons.

Aujourd'hui, après une bonne heure d'exercices, le garçon fait la planche pour se reposer un peu. Et voilà que Snoo vient tourner autour de lui, glisse sa tête sous ses épaules, essaie de le retourner.

– Laisse-moi tranquille, fait Jérôme qui a envie de se laisser flotter, les yeux fermés, sous la caresse du soleil.

Mais le dauphin insiste. Au bout d'un moment de ce petit jeu, il réussit enfin à soulever Jérôme, qui est obligé d'exécuter un saut de carpe pour se remettre d'aplomb.

Snoo est déjà devant lui. Il lui tend un petit calamar, l'air de dire : « Tiens ! Ça, au moins, ça n'a pas d'arête ! »

— Merci, s'exclame Jérôme en l'attrapant.

Il est très fier d'avoir réussi un nouveau tour avec son dauphin. Et ce dernier semble pressé de le voir recommencer.

— Pourtant, le dresseur, c'est moi ! veut protester le garçon. Et tu vas…

Une vague, que Snoo a malicieusement suscitée d'un mouvement de la queue, l'interrompt brusquement. Le dauphin plonge à nouveau et, sans lui laisser le temps de finir sa phrase, soulève Jérôme d'un coup de tête. Ce dernier, résigné, se laisse faire. Mais il a bien l'intention de prendre sa revanche.

— Tu ne seras pas toujours le plus malin ! lui lance-t-il quand il remonte enfin dans le Zodiac.

17 août 2001

Aussi, dès le lendemain, revient-il au milieu de la calanque avec un cerceau. Une fois dans l'eau, il entreprend d'expliquer à Snoo ce qu'il doit exécuter. Pour mieux se faire comprendre, il passe sa tête dans le cercle de plastique rouge.

— À toi, maintenant !

Snoo, qui a d'abord pris un air très intéressé, recule, tout en gardant sa tête hors de l'eau. Jérôme est sûr qu'il va sauter. Mais non ! Le dauphin revient vers lui et lui fait comprendre qu'il veut prendre le cerceau.

— Avec tes nageoires ? se moque Jérôme.

« Mais non, avec mon bec ! », semble répondre Snoo.

Le garçon obéit. Et quand Snoo tient solidement le cerceau, il le présente à Jérôme.

— J'en étais sûr ! s'exclame celui-ci.

Et il saute à travers pour lui faire plaisir, tout en se disant qu'après tout, le calamar frais n'est pas si mauvais. Il en a parlé la veille au soir, à table, avec ses parents. C'est comme ça qu'il a appris que les Japonais mangeaient du poisson cru, et même vivant. Alors…

« Pas la peine de chinoiser », songe-t-il.

Et il saute à nouveau.

20 août 2001

Jérôme se dit qu'il est temps d'avoir une conversation sérieuse avec son père. En effet, les vacances vont bientôt se terminer. Et Diabolo est toujours en cage. Parfois, maintenant, la mer se gâte, le ciel se couvre. Snoo risque de repartir vers d'autres calanques plus accueillantes.

Mais avant de monter dans le bureau de M. le

directeur, Jérôme veut revoir Diabolo. Il lui expliquera la situation, lui dira qu'il espère le voir bientôt en liberté.

Il tombe sur M. Clément, en train de siffler et de gesticuler, pendant que le dauphin tourne dans son bassin.

– Bravo ! Bravo ! s'écrie le garçon en battant des mains.

Puis, attrapant une sardine dans le seau placé tout près du dresseur, il la lui lance.

– Petit mal poli, gronde M. Clément en évitant le poisson de justesse. Je le dirai à ton père et…

Il n'a pas le temps de finir. M. Benoît, qui a dû suivre la scène depuis son bureau, apparaît à son tour au bord du bassin.

– Qu'est-ce que c'est que ce cirque, à la fin ?

C'est une de ses expressions favorites. Elle lui permet de rappeler, à l'occasion, qu'il a été un célèbre dompteur ! Mais Jérôme ne se laisse pas impressionner.

– Papa, cette fois, j'ai réussi ! J'ai dressé un jeune dauphin en pleine mer. Je l'ai appelé Snoo et je voudrais te montrer ce qu'il sait faire…

Il devrait plutôt dire « ce que je sais faire », mais son père ne comprendrait pas. Mieux vaut qu'il vienne avec lui jusqu'à la calanque et qu'il voie, de ses propres yeux.

– Tu veux dire que tu joues avec un dauphin en liberté ? l'interrompt hargneusement M. Clément. Je ne vois pas ce que cela a d'extraordinaire. Les dauphins sont très sociables, tout le monde le sait. Il suffit de leur donner un peu de poisson pour les approcher. Et avec tous les seaux qui disparaissent ici, au bord des bassins…

— Mais non ! proteste Jérôme. Vous n'y êtes pas du tout. Ce n'est pas moi qui lui donne du poisson, c'est lui qui va me chercher des calamars au fond de la mer, parce que j'aime pas les arêtes, et puis il…

Cette fois, c'est son père qui le coupe dans son élan :

— Mon pauvre Jérôme, tu as dû attraper un coup de soleil en te baignant ! Tu t'imagines vraiment que nous allons te croire ? Je suppose aussi qu'il te parle, ce dauphin, ajoute-t-il avec un petit rire.

— Presque ! répond Jérôme.

— Il nous ferait prendre des anchois pour des sardines, ce gamin ! lâche alors dédaigneusement M. Clément. Il est complètement fou.

Une voix, comme tombée du ciel, les fait tous sursauter :

— Absolument pas !

Jérôme se retourne, imité par son père et M. Clément. L'homme qui a parlé du haut des gradins réservés au public descend vers eux.

— Je ne vois pas ce qui vous permet de dire ça, s'écrie aussitôt le père de Jérôme, vexé que quelqu'un ait l'air de mieux connaître son fils que lui. Et puis, d'abord, comment êtes-vous entré ici ? Ce n'est pas l'heure du spectacle et…

L'homme sourit, ce qui le fait tout à coup ressembler à Snoo.

– Je suis cinéaste, répond-il comme pour s'excuser. Je travaille pour la télévision et…

– Et, interrompt M. Benoît, vous venez filmer mon numéro avec mes orques et mes dauphins savants, n'est-ce pas ?

– Non, pas vraiment. Je m'intéresse plutôt à ce jeune garçon. Un de vos employés, je suppose ?

– Mon fils ! corrige sèchement M. Benoît.

– Comme vous voulez, reprend l'homme sans se démonter. C'est donc votre fils que j'ai filmé pendant qu'il « jouait » avec ce dauphin, comme a dit ce monsieur… Mais permettez-moi de vous dire qu'il s'agit d'autre chose que de jeux. Votre fils a mis au point un véritable numéro, digne d'un cirque.

Il montre un caméscope qu'il tient dans sa main droite.

– Vous serez bien obligé de me croire quand vous aurez vu ce que j'ai enregistré avec cet appareil. On les voit faire des acrobaties incroyables, tous les deux. Et en plus, ils sont drôles. Surtout quand le dauphin récompense votre fils en lui lançant un poisson.

– Un calamar, rectifie Jérôme, ravi de voir enfin quelqu'un prendre sa défense.

– Vous avez filmé ce garçon sans autorisation… commence hargneusement M. Clément.

Mais cette fois, le père de Jérôme l'empêche de continuer :

– Allez donc voir si l'orque a eu son huile de foie de morue, ce matin ! lui lance-t-il.

Et Jérôme comprend qu'il a gagné la partie.

24 août 2001

Diabolo a été libéré dès le lendemain. Il a suivi le Zodiac docilement, puis, arrivé dans la calanque, il a nagé en compagnie de Jérôme sans chercher à s'enfuir. Et il a tout de suite sympathisé avec Snoo, accouru du large, comme d'habitude.

Avec deux dauphins, le numéro de Jérôme est devenu encore plus comique. Surtout lorsque Snoo et Diabolo se le lancent comme un ballon par-dessus un filet tendu au-dessus des vagues.

Ce matin, le cinéaste fait signer un contrat au garçon. Venu sur la Côte d'Azur pour tourner un feuilleton télévisé sur un yacht, il a eu une idée en voyant Snoo et Jérôme. Depuis, il a ajouté un deuxième dauphin à son scénario pour faire tourner aussi Diabolo. Et, dès le début de l'après-midi, commence le tournage des aventures comiques d'un jeune garçon et de deux dauphins en pleine mer… Le téléfilm s'appellera *Dauphin farceur* et il sera diffusé au début du mois de décembre à une heure de grande écoute.

Jérôme y pense encore, le soir, dans son lit. Il est tellement heureux pour Diabolo, enfin libéré. Et lui, cela ne lui déplairait pas de devenir une vedette de la télé ! Quant à Snoo, il sera sûrement ravi.

10 septembre 2001

Jérôme, qui est retourné au collège, a reçu hier soir un coup de téléphone. Le cinéaste lui annonçait que des journalistes allaient sûrement venir les voir, lui, Snoo et Diabolo, pour les photographier.

Aussi, ce matin, il saute dans le Zodiac et s'en va à vive allure vers la calanque. Il appelle les deux dauphins, qui accourent à toutes nageoires.

– Nous allons être célèbres, leur dit-il en leur tendant une feuille de papier. Et je suis sûr que des admiratrices vous demanderont des autographes. Surtout à toi, Snoo. Il faut absolument que tu t'entraînes…

Cette fois, il est sûr de prendre sa revanche. Snoo a réussi à le faire sauter à travers un cerceau, mais jamais il ne saura signer son nom. Cela, seul Jérôme en est capable !

Le dauphin pousse un petit cri avant de plonger avec Diabolo. Ce dernier ressort le premier de l'eau en tenant une seiche. Snoo trempe le bout de son bec dans la poche à encre du mollusque et l'approche de la feuille que lui tend le garçon. Puis, en décrivant un cercle avec sa tête, il réussit à tracer sur la feuille une espèce de S. Un S comme Snoo, naturellement !

– Il a encore été plus malin que moi ! s'exclame Jérôme, ravi. Mais, patience, je finirai bien par l'avoir…

Le sanctuaire du Requin

de Patrick Cappelli
illustré par Dominique Rousseau

Ma'o marche sur la plage. C'est un jeune Polynésien, pas très grand mais trapu et musclé. Les
tatouages colorés qui recouvrent ses bras et ses
épaules racontent le dangereux combat qu'il a
mené contre un requin pour sauver un delphineau.
Un léger sourire se dessine sur les lèvres du garçon
pendant qu'il se rappelle cet épisode de sa vie.
C'était il y a deux ans, non loin de là. Le dauphin
allait mourir lorsque Ma'o l'avait secouru en se
jetant devant la gueule du squale. Par la suite, sans
se l'être jamais vraiment expliqué, il avait préféré

porter le nom du requin[1] plutôt que celui du cétacé.

Perdu dans ses souvenirs, il manque de s'étaler en trébuchant sur une masse à moitié enfouie dans le sable blanc. Il recule, touche la forme. Elle est chaude, donc vivante. Vite, il s'accroupit et enlève la mince couche sableuse. Le corps d'un dauphin apparaît. Son œil est vitreux, sa peau presque sèche. Ces deux signes ne trompent pas : le mammifère marin est blessé. Le Requin découvre rapidement plusieurs entailles qui zèbrent l'épiderme de l'animal, laissant apparaître des bouts de chair rose. Des morceaux de métal sont incrustés par endroits dans son corps.

Ma'o connaît bien les dauphins. Dans les temps anciens, son peuple a appris à parler avec *te mau oûà*[2]. Les légendes disent que les odontocètes[3] ont guidé les ancêtres des Maoris depuis l'Asie jusqu'aux archipels de Polynésie, les sauvant d'une mort certaine. À cause de l'immensité de l'océan Pacifique, ces émigrants n'auraient jamais eu assez de vivres pour tenir jusqu'aux îles sans l'aide miraculeuse des cétacés.

Le Requin milite dans un groupe de jeunes Polynésiens qui revendiquent cet héritage. Ils ont appris le langage des dauphins et ils perpétuent les

---

1. En polynésien, Ma'o veut dire « requin ».
2. « Dauphin » en maori.
3. Cétacés munis de dents dont font partie les dauphins.

anciens rites. Entre eux, ils s'appellent « les Gardiens ». Gardiens de la tradition, des mammifères marins, de la mer elle-même.

En signe de respect pour le pacte conclu des siècles auparavant entre les pères de leurs pères et *te mau oûâ*, les membres du groupe ont juré de défendre ces derniers contre tous les prédateurs humains de la mer : pêcheurs sans scrupules, contrebandiers qui vendent la chair des cétacés aux amateurs japonais et américains, trafiquants qui alimentent les parcs d'attractions aquatiques et les zoos.

Ma'o est consterné : quelqu'un a failli tuer cet animal. Il doit trouver qui est le responsable de cet acte barbare avant qu'il n'y ait d'autres victimes. Le jeune homme pousse le corps volumineux dans l'eau pour rafraîchir sa peau élastique et nettoyer ses plaies. Il enlève les morceaux de métal incrustés dans l'épiderme, masse les muscles puissants tout en se demandant qui a pu infliger des blessures aussi étranges. « Ça ne ressemble pas à des dégâts causés par un harpon. Une grenade peut-être ? »

Le mammifère marin commence à réagir, émettant des couinements plaintifs. Le Maori lui répond par des sons aigus, proches des sifflements du cétacé. « Que s'est-il passé ? » lui demande-t-il à plusieurs reprises. Mais le dauphin est trop faible et ne peut proférer que des cris incompréhensibles. Parmi eux, cependant, Ma'o croit reconnaître plusieurs fois celui qui signifie « secret ». Secret ? Le

Requin est perplexe : « secret » est un son que n'emploient pas les dauphins, ou très rarement, car ils n'ont rien à cacher.

Le Maori sent la colère monter en lui : il est sûr qu'une affaire suspecte se dissimule derrière tout cela. Il ne peut admettre que, même protégés, les cétacés continuent de payer un lourd tribut. Surtout dans cette région, immense étendue d'eau parsemée de petits archipels. Les distances sont beaucoup trop grandes pour que les quelques gendarmes maritimes puissent surveiller les trafics. En revanche, des garçons décidés et connaissant parfaitement les environs peuvent contrecarrer les contrebandiers et autres aventuriers des mers du Sud.

Sombre mais déterminé à agir, Ma'o rebrousse chemin jusqu'au village pour prévenir ses compagnons.

Le Requin rejoint quatre jeunes Maoris – Richard, Paul, Louis et Jean-Claude – qui n'ont pas encore subi l'initiation et continuent de porter leurs prénoms français. Il leur raconte sa découverte. Ses amis se munissent de pansements, de médicaments ainsi que de quelques poissons pour redonner des forces au mammifère marin. Pendant ce temps, Ma'o, assis devant un bol de café, réfléchit.

La forme des blessures et la présence des échardes métalliques l'intriguent. Et quel peut être ce secret ? Mentalement, il dresse une liste des suspects : Fichkiller, le trafiquant qui alimente les delphinariums, les baleiniers qui peuvent s'offrir un dauphin pour le simple plaisir de tuer, ou les chalutiers avec leurs filets dérivants.

Avant toute chose, le Requin doit savoir s'il y a des étrangers dans le coin. Il saute dans son petit bateau à moteur pour rejoindre un groupe de pêcheurs polynésiens à trois kilomètres de son village. Rien de ce qui navigue sur les mers ne peut leur échapper.

Ma'o les trouve en train de réparer leurs pirogues. Ils lui signalent la présence d'un baleinier japonais qui mouille au large. Le jeune homme hoche la tête. Il connaît les marins qui naviguent sur ces bâtiments et il les déteste : ce sont des tueurs ! Il a déjà eu affaire à eux et sait les ravages dont ils sont capables, quelle que soit leur nationalité. Le Polynésien repense aux blessures du dauphin : ces gens-là pourraient bien être à l'origine d'un tel acte. « Je vais leur rendre une petite visite, décide Ma'o. Même s'ils ne sont pour rien dans cette affaire, je les énerverai un peu... Ils sauront ainsi qu'ils sont surveillés et peut-être cela suffira-t-il à les empêcher de nuire. »

La perspective d'un peu d'action lui met le sourire aux lèvres.

Et c'est en chantant un vieux chant guerrier que le jeune Maori grimpe dans son canot et met le cap sur la masse indistincte et grise qui flotte au-delà de la barrière de corail.

Plus il approche de l'imposant bateau, plus sa

colère grandit. Comment peut-on chasser, massa-crer et dépecer des êtres vivants aussi magnifiques et placides que les baleines ? Et toute cette violence mise en œuvre afin de satisfaire le goût de certains consommateurs pour la chair de cétacé… « Mais quand baleines et dauphins auront disparu des océans, que mangeront-ils ? Et rien ne pourra rem-placer la force, l'élégance et la beauté des mammi-fères marins ! »

Ces sombres pensées ont durci le visage du Requin. Pourtant, il se force à arborer un sourire naïf. Il va se faire passer pour un indigène venu vendre des coquillages à l'équipage. L'énorme structure métallique grossit jusqu'à emplir l'hori-zon. Très haut au-dessus de sa tête, de petites sil-houettes s'agitent sur le pont. Tout à coup, un jet rougeâtre jaillit d'une ouverture dans la coque, mélange d'eau de mer et du sang des animaux massacrés par les pêcheurs, qui profitent de l'arrêt pour nettoyer les cuves du navire. Ma'o regarde avec dégoût ce liquide sanguinolent s'écouler à gros flots dans l'océan turquoise.

Les hommes l'ont repéré. Tout sourire, le jeune Polynésien agite les bras et crie en anglais :

– Coquillages, cadeaux, souvenirs ! tout en brandissant ses trophées.

Une échelle de corde se déroule jusqu'à lui. Il grimpe sans effort jusqu'au pont. Les marins le scrutent silencieusement de leur visage énigma-tique tandis qu'un officier vient à sa rencontre. La conversation s'engage, toujours en anglais :

– Que voulez-vous ? demande le Japonais d'un ton froid et hostile.

– J'ai de magnifiques coquillages pour vous, qui feront de très beaux présents pour vos familles, explique Ma'o en arborant fièrement conques et bivalves.

Il déballe tous ses trésors et les étale sur le pont. L'équipage s'approche et soupèse les énormes coquilles, admirant leurs reflets nacrés. Pendant ce temps, Ma'o essaie d'en apprendre un peu plus auprès de l'officier.

– La pêche a été bonne ?

Aucune réponse.

– Beaucoup de baleines ? Des dauphins peut-être…, insiste-t-il.

L'homme reste imperturbable mais il lance quelques phrases dans sa langue. Les marins se raidissent, cessent d'examiner les coquillages et se mettent en cercle autour de Ma'o. Celui-ci, conscient que la tension monte, bande instinctivement ses muscles. Son sourire disparaît.

L'officier, un rictus mauvais sur son visage buriné par des années de navigation, prend la parole :

– Non, pas de dauphins. Ils sont protégés, n'est-ce pas ? Nous pêchons des baleines selon les quotas. C'est tout. Compris ?

Son ton sec n'appelle pas de réponse. Pourtant, le Requin ne veut pas s'avouer vaincu.

– Bien sûr, mais j'ai trouvé tout près d'ici un dauphin blessé. Et ses plaies sont étranges…

Cette fois, son interlocuteur semble intéressé.

– Un dauphin blessé ? Vous êtes le second à m'en parler. Mais ce n'est pas nous. Nous n'avons rien à nous reprocher.

L'homme se tourne alors vers l'un des marins et lui adresse quelques phrases sèches en japonais, puis il fait volte-face et se dirige d'un pas vif vers le poste de commandement de l'énorme bateau. Les membres d'équipage resserrent le cercle, puis se jettent tous en même temps sur le Maori. Surpris, dépassé par le nombre, le Requin ne peut rien faire. Les hommes plaisantent entre eux tandis qu'ils le soulèvent et l'amènent vers le bord. L'un d'eux regarde Ma'o et lui dit en anglais :

– Tu aimes les dauphins, hein ? Va voir par là s'il y en a !

Tous rient et balancent le jeune Polynésien pardessus la rambarde d'acier. Son corps s'envole, décrit une courbe dans les airs et tombe dans la mer. Heureusement, l'eau est profonde et aucun récif corallien n'affleure à cet endroit. L'impact, rude, assomme à moitié Ma'o qui s'enfonce profondément dans les flots avant de réussir à regagner la surface.

Toussant et crachant, le Maori nage lentement jusqu'à son bateau. Il monte et démarre, pendant que les Japonais, avec de grands éclats de rire, lui lancent ses coquillages. Les conques et les bivalves s'écrasent sur la barque à moteur avec des bruits sourds. Ma'o évite de justesse une énorme coquille moirée aux arêtes tranchantes. Il se retourne vers eux et leur lance quelques insultes de son cru. Mais au fond de lui, il est plutôt content : il a découvert qu'il n'était pas le seul à enquêter.

De retour au village, le Requin réunit son groupe. Ses amis ont soigné le dauphin blessé, qui ne leur a rien appris de plus, mais a couiné encore plusieurs fois le son « secret ». À son tour, Ma'o raconte que le baleinier a déjà reçu une visite concernant le cétacé.

— Je crois ce qu'ils m'ont dit, conclut le jeune homme. Ce sont des tueurs et ils ne se seraient pas privés de me signaler qu'ils avaient eu un dauphin. En revanche, je vais rendre visite à Fichkiller. Je me demande si ce n'est pas lui qui est allé voir les Japonais. Ce type déclare s'être retiré du trafic de cétacés, mais je le soupçonne de continuer son sale boulot.

— Cette fois-ci, on t'accompagne, déclare Paul. Tu as eu de la chance avec les Japonais, mais ce Fichkiller est un mauvais et il nous déteste, surtout depuis que nous avons appris aux mammifères marins à l'éviter comme la peste. Il affirme que c'est à cause de nous qu'il a dû fermer boutique. Si seulement c'était vrai !

— Tu as raison. Mais si nous arrivons en groupe, il ne voudra même pas nous recevoir. Mieux vaut que j'y aille seul.

— OK, Requin, mais nous serons tout près, au cas où…

Les cinq garçons, cheveux longs et raides volant dans l'air chaud du Pacifique, s'entassent aussitôt dans une vieille jeep à plateau pour rejoindre le domicile du présumé trafiquant, de l'autre côté de l'île.

Ils s'arrêtent à bonne distance. Ma'o se dirige vers la maison de bois construite sur la baie. À droite du bâtiment aux couleurs délavées par l'air marin, un ponton de bois avance dans la mer. Trois embarcations y sont amarrées. Les quatre compagnons du Requin, eux, se fondent dans la végétation environnante et parviennent au bord du lagon à quelques dizaines de mètres de la demeure. Puis ils enlèvent leur jean et nagent silencieusement vers le ponton. À moitié immergés, ils peuvent observer le devant de la maison de Fichkiller.

Pendant ce temps, Ma'o a atteint la bâtisse. Il sonne. Un aboiement rauque retentit à l'intérieur. Une silhouette massive apparaît derrière la vitre dépolie de la porte d'entrée qui s'ouvre sur un homme d'une cinquantaine d'années, barbu, grand, un peu bedonnant, les avant-bras cuits par le soleil tropical. Ses yeux très bleus fixent le Requin sans ciller.

— Encore vous ? Qu'est-ce que c'est, cette fois ? Je vous ai dit que j'avais arrêté mes activités !

Le ton est définitivement agressif et désagréable.

— J'ai trouvé un dauphin moribond sur la plage. Ses blessures sont étranges, son corps est rempli d'éclats de métal.

— Et alors ? rugit le barbu. Je ne suis pas responsable de la santé de toutes les bestioles amphibies du coin, si ? Écoutez, votre petit groupe de rigolos m'a déjà causé bien des ennuis. Je me suis retiré du business, alors lâchez-moi, OK ? Ça fait des mois que je n'ai pas chassé un seul cétacé. Je suis un paisible retraité qui aimerait bien qu'on le laisse tranquille.

Alerté par les cris de son maître, un énorme dogue aux bajoues pendantes arrive en courant. Il s'arrête net près de Fichkiller, fixant Ma'o de ses grands yeux liquides, en grondant sourdement.

– Tu vois, Démon ? Encore un fouineur qui s'intéresse au dauphin. Si tu le raccompagnais comme tu l'as fait pour l'autre ? Allez !

De la main, il pousse le monstre vers Ma'o. Démon s'élance en aboyant, mais le Requin a déjà détalé vers la jeep. Il pique un sprint, ses pieds nus volant sur le sol sableux. Une seule pensée remplit son esprit : « Vite, vite ! » Derrière lui, il sent la masse du dogue se rapprocher. Si ce géant referme ses mâchoires sur lui, il finira estropié, c'est sûr. Galvanisé par la peur, il empoigne le rebord de la plate-forme arrière du véhicule tout-terrain, prend appui dessus et saute sur le plateau. L'immense chien se dresse sur ses pattes arrière, laissant dépasser sa grosse tête. Il aboie et gronde, la bave coulant de ses babines, ses crocs jaunes entièrement découverts.

Ma'o halète après sa course effrénée. Soulagé d'avoir échappé au dogue, il recule dans le coin opposé, craignant que l'animal ne puisse se hisser

à son tour sur le plateau. Tout à coup, un sifflement retentit. Démon dresse l'oreille. Un second
sifflement et le chien se laisse retomber à contrecœur sur le sol. Il pousse un dernier aboiement
tonitruant et regagne la maison d'un air conqué-
rant.

Le Requin récupère ses amis un peu plus loin
sur la route. Les quatre garçons ont assisté à la fuite
de leur chef.

— Quel monstre ! Ce type est bien gardé avec un
bestiau pareil. S'il t'avait rattrapé… commence
Paul.

— … vous auriez dû vous choisir un nouveau
chef ! plaisante Ma'o.

Mais il est tout blême, malgré son bronzage.

— C'est sûrement lui qui a attaqué le dauphin.
C'est son style. Quel sale type ! ajoute Richard.

— Pourtant, lui aussi m'a fait comprendre que je
n'étais pas le premier à l'interroger à ce sujet. De
toute façon, qu'il ait trempé ou non dans cette histoire, je suis sûr qu'il continue à trafiquer, quoi
qu'il prétende : j'ai aperçu ses bassins derrière lui.
Ils sont de nouveau remplis. Il faut le surveiller.
Vous quatre, vous y retournez et vous le suivez s'il
sort.

Ma'o marque une pause.

— Maintenant, le plus important est de découvrir
qui nous précède. Si on met la main sur cette personne, je suis persuadé qu'on saura ce qu'est le
fameux secret et qu'on résoudra le problème. Moi,

je retourne près du dauphin. Rendez-vous ce soir sur la plage.

Le jeune homme descend de la jeep et continue son chemin en stop, tandis que le reste du groupe retourne vers le domicile de Fichkiller.

Pendant le trajet, assez long, il admire une nouvelle fois son île. La mer à droite, bleue et clapotante, bien à l'abri dans le lagon derrière le récif de corail. À gauche, la forêt verte et dense grimpant sur les pentes de la montagne volcanique. « Attaquer les dauphins comme tuer le corail ou couper les vieux arbres, c'est briser l'harmonie » songe Ma'o.

Il arrive près du dauphin au milieu de l'après-midi. Dans deux heures, le soleil entamera sa descente rapide vers l'autre côté du monde.

L'animal semble s'être légèrement remis : il nage doucement dans l'eau chaude et transparente. Ma'o joue un peu avec lui, évoluant à ses côtés. Il palpe ses blessures à l'aspect plus vilain que grave, il lui parle et le mammifère marin se laisse faire, comme s'il était apaisé par la douce voix du Maori. Par de longs sifflements aigus, le Requin lui demande alors de l'emmener jusqu'au « secret ». Le dauphin s'immobilise aussitôt. Il a peur. Il sait de quoi veut parler l'homme, mais non, il n'ira pas. Patiemment, doucement, Ma'o le caresse, chantonne, le met en confiance. Il lui dit qu'il restera avec lui, qu'il le protégera et que les dieux sont avec eux. L'animal continue d'hésiter puis, sans prévenir, il se dresse hors de l'eau, parvenant à garder l'équilibre en reculant par à-coups, et il plonge vers le large.

Le jeune homme balaye la baie d'un rapide coup d'œil. Il repère une vieille pirogue amarrée. « Je ne vais pas aller loin avec ça, mais c'est tout ce que j'ai sous la main » pense-t-il en défaisant la corde. Il empoigne la pagaie et commence à pousser sur l'eau avec le morceau de bois grossièrement taillé. Le cétacé file d'un trait vers l'ouverture de l'océan. Ma'o rame avec des gestes lents mais en rythme. Le dauphin revient vers lui, heureux d'avoir retrouvé une partie de sa puissance. Son drôle de sourire paraît vraiment joyeux.

Ils traversent ensemble le lagon, puis franchissent la barre. Le canot se soulève presque à la verticale quand la vague le prend, puis, après un instant de suspension, retombe de l'autre côté dans une large éclaboussure blanche. Ici, l'eau est foncée, profonde. On ne peut plus voir, comme dans la lagune, les grandes raies mantas filer tout près du fond, ni les bancs de poissons colorés chercher leur pitance dans les massifs coralliens. Le Requin continue de suivre le dauphin tout en entonnant un chant maori pour se donner du courage. Un chant qu'inventèrent ses ancêtres lors de leur longue traversée.

Une heure plus tard, le mammifère marin arrive près d'un îlot recouvert d'une végétation touffue. Ma'o connaît vaguement cet endroit. Personne ne s'en approche : les courants y sont puissants et les rochers nombreux. D'ailleurs, et ça veut tout dire, les pêcheurs préfèrent éviter le coin. Le Requin est un peu inquiet pour son embarcation. S'il doit entrer dans les turbulences avec cette barque, il risque fort de la briser et de finir les poumons pleins d'eau. Même un nageur émérite comme lui ne peut rien faire face à la violence de certains remous qui vous empoignent telle une main de géant pour vous drosser contre les récifs.

Tous les sens en alerte, Ma'o suit le cétacé qui longe la côte de la petite île sauvage. Le jeune homme peine à maintenir son esquif à flot au milieu des tourbillons. Des paquets d'embruns explosent sur les roches qui affleurent, et retombent avec force. Complètement trempé, ballotté par les flux marins, il perd son compagnon de vue.

« Je ne vais pas y arriver » se dit-il, essuyant l'eau salée sur son visage. Mais à cet instant, l'effet conjugué d'un contre-courant et d'une vague le propulse sur un plan de mer plus calme. Le Maori sait qu'il a eu de la chance. Il adresse silencieusement une prière aux esprits de l'océan. Il aperçoit alors le dauphin qui se dirige vers une grotte dont l'ouverture est à fleur d'eau.

Le Requin parvient rapidement à rejoindre le mammifère marin. Celui-ci s'est arrêté au seuil de la cavité et observe Ma'o. Il couine plusieurs fois le mot « secret ». « C'est donc ici, pense le jeune Polynésien. Qu'y a-t-il dans cette grotte ? »

Tout à coup, le dauphin plonge dans l'eau

noire. Le garçon hésite : doit-il le suivre ou l'attendre ? Après quelques instants d'indécision, il est sur le point de plonger à son tour quand l'odontocète réapparaît, expulsant de l'eau par son évent[4]. Il tient un objet dans son bec. Ma'o récupère ce qui ressemble à un système de transmission radio.

Intrigué, il étudie l'engin. C'est une sorte de harnais en caoutchouc à moitié déchiqueté, sur lequel est fixé un boîtier en acier renforcé muni d'une petite antenne. Le Requin saisit les deux extrémités de la lanière et l'étend devant lui. « Si on imagine

---

4. Narine située sur la face supérieure de la tête de certains cétacés.

la partie manquante, ça forme une boucle qui peut s'attacher, et… C'est cela ! On noue ce harnachement autour d'un corps. De dauphin. Et on le téléguide avec le système radio. Mais dans quel but ? se demande le Maori. En tout cas, quelque chose a dû mal tourner lors de la dernière tentative. »

L'animal plonge et ressort de l'eau à plusieurs reprises, émettant les sons qui signifient : « Viens ! Secret, secret ! » Ma'o comprend l'appel de son compagnon, mais il sait aussi que là où un dauphin peut passer grâce à sa réserve d'air de quinze minutes, un homme, même bon nageur, peut laisser sa vie. Le plus sûr serait de revenir avec des bouteilles. Le garçon réfléchit, tourne la tête vers l'ouverture de la caverne puis lève les yeux vers le ciel : la lumière ne va pas tarder à décliner. « À peine une heure de jour. Plus le temps de tenter » reconnaît-il à regret. Il rebrousse chemin, pagayant d'un air décidé vers l'océan.

Désorienté, le dauphin couine dans sa direction, sans bouger, puis rejoint rapidement la barque. Le Maori passe l'endroit délicat et accélère, ramant puissamment pour regagner son île et être à l'heure au rendez-vous avec ses camarades.

L'immense ciel des mers du Sud commence à prendre une teinte sombre. Les nuages nocturnes s'accumulent à l'horizon. Bientôt, l'astre va rougeoyer, illuminant le firmament de flèches roses, orangées, carmin puis cramoisies. Et la nuit tropicale tombera d'un coup, comme un rideau qu'on ferme avant d'aller se coucher.

Ma'o aborde sur la plage quelques instants après la chute du soleil derrière l'horizon. Épuisé par ses efforts contre les courants, il tire difficilement la pirogue sur le sable et s'écroule à côté, tentant de reprendre son souffle. Derrière lui, la masse sombre du dauphin bondit hors de l'eau et y retombe souplement.

Le Requin se redresse, prend la ceinture émettrice et s'assoit contre le bois rugueux de l'embarcation. Mais il n'a pas le temps d'inspecter à nouveau l'objet dans la lumière déclinante. Une forme surgit dans son dos et lui assène un coup de matraque sur le haut du front, déclenchant une explosion multicolore sous ses paupières. Son agresseur lui arrache alors l'engin des mains.

Dans un brouillard cotonneux, Ma'o perçoit une voix rauque lui dire :

— … approché de la base, hein ? Laisse tomber le dauphin, compris ? Toi et tes copains, c'est trop gros pour vous. Continuez à harceler les trafiquants si ça vous amuse. Mais si on vous reprend à fureter, ça finira mal…

Tout à coup, des pas résonnent au loin. Quatre silhouettes se rapprochent en courant. L'homme s'enfuit avec le bout de harnais.

Quand les Gardiens arrivent près de leur chef assommé, ils entendent démarrer une puissante moto. Le rugissement décroît rapidement tandis qu'une grosse cylindrée disparaît sur la petite route côtière.

– Ça va ? s'enquiert Louis tout en aidant le Requin, complètement sonné, à se relever.

Une bosse de bonne taille commence à gonfler sur le front du jeune homme.

– Il faut mettre de la glace. Allons chez moi, nous y ferons aussi le point, propose Jean-Claude.

Un quart d'heure plus tard, les cinq amis sont assis autour d'une table. Richard commence, s'adressant à Ma'o :

– Fichkiller a menti. Il n'est pas plus retraité que membre de Greenpeace[5]. À peine étais-tu parti qu'il est monté dans un de ses hors-bord. Nous avons pu le suivre aux jumelles. Il a d'abord chargé des sacs qui gigotaient et a ensuite rejoint des hommes en combinaison de plongée qui l'attendaient sur un Zodiac. Trois delphineaux ont été extraits des sacs. Ils semblaient à moitié endormis. À moitié seulement, car l'un d'eux a décoché un coup de queue magistral à l'un des plongeurs qui est tombé à la mer !

– À leur décharge, il faut dire qu'ils n'ont pas maltraité les bêtes, leur versant même de l'eau pour humidifier leur peau, ajoute Paul. On dirait qu'ils ont l'habitude de s'occuper des mammifères marins.

– Donc, Fichkiller continue ses activités illégales. Il livre des cétacés clandestinement. Mais quel rapport avec le secret ? demande Ma'o.

---

5. Organisation écologiste qui lutte en particulier contre les baleiniers.

— Au fait, tu l'as trouvé ? s'enquiert Louis.

— Je crois.

— Et… alors ?

— Notre ami m'a amené jusqu'à cet îlot sauvage, vous savez, celui où personne ne va à cause des courants. Derrière la zone de remous, une grotte sous-marine marque l'entrée de l'endroit où il a été blessé. Le dauphin m'aurait bien montré le chemin, mais il n'y a aucun moyen de savoir si c'est faisable sans oxygène. Il faut donc y retourner dès demain matin avec des bouteilles.

— Et ton matraqueur, qu'est-ce qu'il voulait ? Que t'a-t-il dit ? relance Paul.

— En gros, de ne pas nous mêler de cette affaire. Mais il cherchait surtout à récupérer une preuve de ses agissements : une sorte de ceinture munie d'un système radio.

— Heureusement, il n'a pas tapé trop fort. Regarde, ta bosse dégonfle déjà.

— Pas trop fort, parle pour toi ! J'ai le crâne dans un étau…

— C'est de l'intimidation, pas plus. Ce gros bras est un pro, il a dosé sa puissance. Il aurait aussi bien pu t'éclater la tête.

— Bon, qui se sent intimidé par ici ?

Les Gardiens se toisent d'un air de défi et se tapent dans les mains sans un mot.

— Au lit ! Il faudra partir dès que possible demain. Le cogneur doit être en train de prévenir ses copains et le camp va être en alerte. Ça peut être dangereux, mieux vaut assurer nos arrières.

Richard, tu resteras ici et tu contacteras la gendarmerie.

– Et s'ils ne veulent pas m'écouter ? Le seul indice pour étayer nos soupçons vient de partir en moto, objecte le jeune homme, désappointé à l'idée de manquer cette aventure.

– Dis-leur que tu as alerté le journal local, les radios, la télé. Ça les obligera à se bouger. D'ailleurs, tu vas vraiment aller voir les journalistes. Ils n'ont pas tous les jours un scoop de cette taille à se mettre sous le stylo. Ils vont rappliquer en vitesse, crois-moi.

À contrecœur, Richard se range à l'avis du Requin.

Le soleil pointe à peine derrière les collines boisées mais les quatre jeunes gens ont déjà préparé leur matériel de plongée. Ils travaillent vite et sans un mot. Le dauphin les attend, manifestant son excitation par des cascades de couinements et des bonds répétés.

Cette fois, Ma'o est aux commandes d'un puissant hors-bord à deux moteurs. Le trajet est nettement plus rapide et le franchissement du passage délicat beaucoup plus aisé. Leur guide stoppe devant l'entrée de la grotte. Toujours silencieux, les Gardiens enfilent leur combinaison et se laissent tomber à l'eau.

Ce sont tous des plongeurs expérimentés. La vision incroyable du spectacle sous-marin les conforte chaque fois dans leur détermination à en protéger les merveilles. Les dauphins sont le symbole de leur lutte, mais les tortues vertes, les poissons-perroquets, les poissons-lunes, les napoléons vert-bleu, les mérous-bananes, les barracudas, les langoustes, les coraux... ont également droit à leur protection.

Le Requin en tête, les jeunes Maoris suivent le cétacé de quelques mètres. L'obscurité ne le gêne pas, son sonar est plus efficace que les lampes sous-marines. Sa capacité d'écholocation[6] lui permet d'éviter les obstacles sans effort. Son corps à la fois massif et souple ondule rapidement dans le tunnel. Le goulet se rétrécit et les garçons doivent se suivre en file indienne. L'eau est froide, ils ont bien fait de revêtir leur combinaison. Grâce à leurs palmes, ils parviennent à rester près de leur guide.

Dix minutes plus tard, l'odontocète remonte à la surface. L'eau passe du noir au bleu de plus en plus clair, puis au transparent. Le groupe débouche dans une deuxième grotte. Il y fait un peu sombre car l'entrée de la caverne est masquée par une végétation drue. Néanmoins, les quatre jeunes gens peuvent apercevoir le paysage qui s'étend au-delà de ce rideau végétal.

Incroyable ! Une étendue d'eau presque circulaire est encadrée de hautes collines aux pentes

---

6. Émission d'ultrasons pour repérer les contours et la distance des objets.

raides entièrement recouvertes d'un fouillis d'arbres, de fougères et de plantes. Aucune trouée n'indique une quelconque route ni même un sentier.

Ma'o en reste bouche bée. Dire que cet endroit est à peine à une heure de navigation de son village et que personne n'en a jamais entendu parler ! La barrière rocheuse cache complètement le lagon intérieur aux bateaux qui croisent au large de l'îlot. Un avion pourrait peut-être discerner quelque chose, mais à condition de voler au ras des crêtes, manœuvre dangereuse qu'aucun pilote n'irait tenter sans raison.

En face d'eux, les plongeurs aperçoivent des baraquements camouflés sous des bâches recouvertes de grandes palmes et d'autres feuillages. Des silhouettes en treillis s'affairent entre les casemates. Un second bassin, plus petit, est relié à la grande étendue d'eau par une brèche dans un banc de sable. Des formes humaines et animales se meuvent dans cette immense piscine d'eau de mer. Un sous-marin de poche est amarré sur le côté droit du plan d'eau.

— Hé, regardez, c'est le canot pneumatique des complices de Fichkiller ! s'exclame Louis, montrant du doigt une crique dans laquelle se balancent plusieurs embarcations.

— Et voilà les dauphins, ajoute Jean-Claude.

— Le fameux secret : une base militaire ! murmure Ma'o. Pas étonnant que personne ne l'ait découverte. Qui que ce soit, ils ont dû explorer des centaines d'îles avant de trouver un endroit pareil.

C'est la cachette idéale pour des expériences clandestines.

– Que fait-on ? interroge Jean-Claude.

Ignorant la question, le Requin rassemble les pièces du puzzle :

– Ça fait des années que des militaires de plusieurs pays tentent de se servir des dauphins comme armes de guerre. Grâce à leur intelligence, on peut leur faire accomplir beaucoup de missions. Et l'appareillage de notre protégé ressemble franchement à du matériel de l'armée. Je pense qu'un essai a mal tourné, blessant le cétacé. Sans doute les dresseurs l'ont-ils cru mort. Mais ils ont envoyé quelqu'un vérifier, au cas où, et mon agresseur a réussi à récupérer la ceinture, seule preuve de l'existence de cet endroit. Ce sont des pros !

– Mais je croyais que ce genre d'expériences était terminé depuis les années 1970 quand les dauphins ont été déclarés espèce protégée ? s'insurge Louis.

– Visiblement, certains ne sont toujours pas au courant... Si nous voulons éviter que d'autres mammifères marins ne soient utilisés comme un arsenal vivant, il faut aller voir de plus près ! rétorque le chef des Gardiens.

Le Requin s'enfonce à nouveau dans l'eau froide et se rapproche du dauphin. Les cinq formes glissent jusqu'à l'ouverture de la grotte et émergent à une centaine de mètres de la base. Le cétacé semble comprendre que la situation est délicate et ne fait pratiquement aucun mouvement. « Bien sûr, songe Ma'o. Il a l'habitude de sortir avec des plongeurs. Il a appris à attendre les instructions. »

Cette constatation lui donne une idée. Il émet toute une série de sifflements, une bonne minute durant. Le dauphin fait volte-face et s'élance droit sur le camp, avec moult couinements et bonds dans les airs. La diversion réussit : un attroupement se forme au fur et à mesure de l'arrivée bruyante de l'animal. Les jeunes Maoris en profitent pour gagner le plus discrètement possible la forêt. Une tâche difficile avec les palmes à la main et les bouteilles sur le dos. Une fois camouflés, ils se débarrassent de leur harnachement et le dissimulent dans les buissons épineux.

— Super, le coup du leurre. Le langage de *te mau oûâ* marche encore mieux que les ondes radio. Et maintenant ? demande Jean-Claude.

— Maintenant, rien du tout. Finie la récréation. Sortez de là, et vite !

L'homme qui leur fait face est accompagné de trois soldats, fusil-mitrailleur au poing.

— On vous a pourtant prévenus. Les fouineurs de votre genre ne sont pas les bienvenus par ici.

— Évidemment, quand on matraque les gens et qu'on maltraite des animaux protégés après les avoir achetés à des trafiquants notoires, on ne doit pas avoir la conscience bien tranquille, se moque le Requin.

— T'es un petit malin, hein ? Mais nous savons aussi tout de vous : vous êtes une bande de gamins qui vous nommez vous-mêmes les Gardiens et vous sentez investis d'une mission de protection des espèces menacées. Vous pouvez asticoter ce Fichkiller, c'est un sale type. Mais ce qui se passe ici est d'un autre calibre. Notre organisation a dépensé des fortunes pour dresser ces animaux et on ne va pas tout gâcher à cause de quelques idéalistes de votre genre.

— Fichkiller est effectivement un sale type, mais vous êtes pires que lui avec vos essais dangereux. Vous êtes des assassins !

— Détrompez-vous : travailler avec nos compagnons de mission crée des liens. On ne leur fait aucun mal, au contraire.

— Demandez donc à celui que nous avons sauvé de justesse ce qu'il en pense. Il n'est sans doute pas d'accord avec votre vision du bon traitement…

— Allez, assez discuté. Escortez ces messieurs chez le chef, ordonne l'homme aux soldats qui l'accompagnent.

Assis sur un banc du bâtiment principal du camp, les jeunes Polynésiens observent le commandant de la base secrète faire les cent pas, mains dans le dos. Il s'arrête face à eux, tête penchée, ses gros sourcils blancs tout ébouriffés.

— Eh bien, jeunes gens, qu'allons-nous faire de vous ? Cet endroit n'est pas censé exister. Personne ne doit savoir ce que nous effectuons ici.

— Vous martyrisez des animaux inoffensifs, protégés par des lois internationales que la France a ratifiées, dit le Requin, pas du tout impressionné.

– Martyriser est un grand mot… et de toute façon, les enjeux dépassent de loin la santé de quelques mammifères, intelligents ou pas. Certains pays ont relancé les expériences sur la guerre sous-marine avec des dauphins spécialement entraînés. Cependant, parce que cette activité est condamnée par les écologistes qui ont réussi à sensibiliser les populations, ces nations ont confié les missions qu'elles avaient commencées à des mercenaires comme nous. Ainsi, si nous sommes pris, personne ne peut les accuser. Nous avons bien travaillé ici, et nous étions même devant nos concurrents. Jusqu'à cet accident. Certains paieraient cher pour le matériel que le sergent a récupéré.

– Chef, chef ! Venez voir. Il se passe des choses bizarres.

Un homme essoufflé vient de pénétrer dans le poste de commandement. Tous se ruent dehors.

Un bon nombre de soldats sont déjà rassemblés sur la plage. Ils observent avec stupeur des dizaines d'odontocètes qui surgissent de la grotte, envahissant les eaux calmes de la baie secrète. Il y a là des dauphins bleu-blanc, des dauphins à long bec, des sténos rostrés, des dauphins de Bornéo et de Risso, quelques globicéphales tropicaux… Le ballet que forment ces mammifères marins de tailles et de couleurs différentes crée un spectacle unique qui laisse les hommes et les quatre jeunes

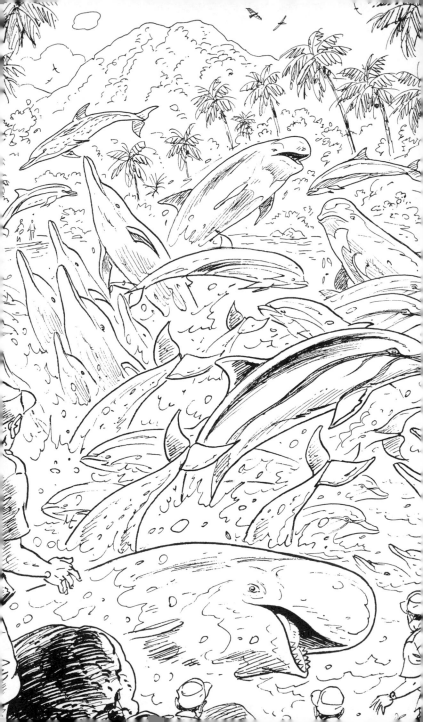

gens sans voix. Les animaux nagent par groupes, sautent les uns au-dessus des autres, font résonner les environs de leurs étranges couinements.

Petit à petit, l'étendue d'eau cachée aux regards du monde se remplit de corps gris, bleus, blancs.

– C'est le bouquet ! s'exclame le chef des mercenaires. Quel est ce cirque ?

– Comme vous avez besoin de dauphins pour vos expériences, nous avons pensé qu'il valait mieux les amener nous-mêmes plutôt que de confier cette tâche à des gens peu scrupuleux, sourit Ma'o.

– Encore vous, hein ? Mais comment avez-vous fait ? En trente ans de navigation sur les océans, je n'ai jamais vu autant de cétacés d'un seul coup.

– J'ai demandé à l'animal que vous avez failli tuer d'aller chercher ses copains, c'est tout, répond le Requin, pas peu fier de son effet.

– Vous leur parlez ? Bon sang, ce sont des gars comme vous qu'il nous faut. En alliant nos techniques de guidage à votre connaissance du langage dauphin, nous devrions laisser sur place tous nos adversaires !

– Nous, auxiliaires de mercenaires à la solde de n'importe qui pour mettre en danger la vie de nos protégés ? Hors de question ! s'écrie Louis, très remonté.

– Ah oui ? Dans ce cas, il va falloir nous débarrasser de vous d'une manière ou d'une autre.

– Et vous, préparez-vous à justifier vos actes

aux yeux du monde entier, ajoute solennellement le Requin.

— Qu'est-ce que ça signifie ? interroge l'homme aux sourcils broussailleux.

— Votre secret n'en est plus un. Nous avons prévenu la gendarmerie et les journalistes. Ils sont en route et ne vont pas tarder à arriver en masse. Vous feriez mieux de partir d'ici si vous ne voulez pas vous retrouver en vedette dans les journaux télévisés du soir, menace Ma'o, sans cacher sa joie devant la grimace du commandant.

— Caporal, allez vérifier ça sur les écrans radar ! ordonne le chef.

Le soldat se précipite dans une des baraques et revient presque aussitôt.

— Il a raison. J'ai repéré au moins cinq embarcations motorisées qui se dirigent droit sur nous. Elles devraient être ici dans moins d'une demi-heure.

— Bon sang, plus de temps à perdre, rugit le commandant de la base clandestine. Ordonnez l'évacuation immédiate. Détruisez tout ce que vous ne pourrez pas emporter… Quant à vous, je…

Furieux, l'homme menace les jeunes Maoris du doigt. Il semble sur le point d'exploser.

Les silhouettes kaki s'agitent en tous sens, transportant matériel et appareillage électronique. Puis, un à un, les mercenaires embarquent dans le sous-marin qui commence à s'enfoncer doucement dans le plan d'eau. Sa tourelle devient de plus en plus petite avant de disparaître dans un remous blanc.

Tout à coup, trois explosions font voler en éclats les baraques en bois. Les quatre Maoris se précipitent dans le lagon pour éviter la pluie de débris. Indifférents à cette agitation, les dizaines d'odontocètes de toutes sortes continuent leur ballet aquatique, heureux d'être là, entourés de leurs congénères. Les Gardiens se mêlent à eux et participent à leurs jeux en attendant l'arrivée de Richard et de la presse.

Tout en entourant de ses bras le corps luisant du dauphin qu'il a sauvé, Ma'o devine que cet endroit va devenir un refuge pour les mammifères marins de la région. « Le sanctuaire du Requin » songe-t-il en souriant avant de plonger dans l'eau chaude pour rejoindre son protégé.

Le gardien

d'Emmanuel Viau
illustré par Stéphan André

L e corps gisait sur le sable depuis le début de la matinée. Un jeune surfeur le découvrit alors que la mer commençait à monter. Il retourna doucement l'homme inanimé et prit son pouls.

— Il vit !

L'adolescent partit en courant chercher du secours. Il n'entendit pas le cliquetis de joie de l'immense dauphin qui se tenait là, à quelques dizaines de mètres de la plage.

Le grand cétacé tourna ensuite le dos, et regagna le large.

- 1 -

La créature fonçait entre deux eaux.

Loin derrière elle, légèrement sur la gauche, le dauphin la coursait, gardant ce qu'il fallait de force et de lucidité pour ne pas se faire repérer. Il était un renégat, un solitaire, une erreur dans la société des dauphins. Il parcourait les océans en fuyant les eaux les plus peuplées. À la compagnie des habitants des mers, il préférait celle des fonds obscurs ou celle, plus mouvementée, des tempêtes.

Parfois, il lui arrivait de croiser certains de ses congénères qui vivaient tous en groupes. Des rencontres fugaces, à la limite de l'hostilité. Les femelles se dépêchaient de rappeler leur progéniture, effrayées par les ondes étranges émanant de ce grand mâle sans âge qui ne daignait pas répondre à leurs avances, indifférent à leurs joies et à leurs peines. Il les regardait de loin, en silence. Puis, tandis que les mâles les plus audacieux s'approchaient de lui pour le défier, il rebroussait tranquillement chemin.

Le corps rongé par les cicatrices, ce vieux géant sillonnait les mers seul, sans objectif apparent, et tous fuyaient sa présence. Un jour, son errance avait pourtant trouvé un but : il avait découvert le monstre qui, depuis, hantait ses demi-sommeils. Dès lors, le dauphin ne voulut plus le quitter des yeux. Il devait savoir à chaque instant où la bête se trouvait, pour ne pas passer le restant de sa vie à se dire qu'elle était peut-être dans son dos, prête à le dévorer. Alors, par tous les temps et en tout lieu, le dauphin solitaire était à la poursuite de son cauchemar.

- 2 -

Pörlsson se frotta les yeux : il devait sans doute être victime de la fatigue due à vingt jours de dérive, au manque de nourriture et à la réverbération… L'homme n'avait pas d'autre explication à ce qu'il croyait avoir aperçu, juste sous la crête des vagues. Une ombre gigantesque, plus sombre encore que les nuages noirs se reflétant dans l'eau. Même un requin géant ne pouvait pas atteindre une telle taille. Le vieux marin resta encore quelques instants à scruter l'océan, mais bientôt il eut plus urgent à faire. Le vent soufflait fort et l'océan se creusait de plus en plus.

De retour à l'intérieur de la petite cabine, Pörlsson arrima les rares objets qui n'avaient pas été emportés lors de la précédente tempête et il pensa à éteindre la lampe à pétrole. La dernière fois, en se renversant, elle avait failli mettre le feu dans la cabine. Puis, ayant repris la barre, il se concentra sur la mer grise.

Le chalutier endommagé s'agitait et bondissait comme un simple bouchon de liège. Trois jours plus tôt, l'homme avait perdu ses deux coéquipiers. Il n'avait plus de radio, plus beaucoup de nourriture, le gouvernail était faussé et les réserves de fuel s'épuisaient. Il n'avait plus grand espoir de revenir un jour à bon port, mais il était décidé à lutter jusqu'au bout.

— Viens me chercher ! cria-t-il à l'adresse de la tempête.

L'horizon s'assombrit d'un coup et des paquets de mer se déversèrent sur le pont. Derrière le marin, la porte de la cabine s'ouvrit et le vent entra en hurlant.

Le requin géant quitta les flots agités de la surface pour s'enfoncer dans l'obscurité. Le petit bateau était une proie trop facile et, au pire, il n'aurait qu'à revenir chercher les restes lorsque la tourmente aurait fait son travail.

En quelques minutes, le squale retrouva la quiétude de la nuit des profondeurs. Il resta là un long moment immobile, à guetter et sentir.

Une légère odeur de sang vint soudain chatouiller son museau. Le monstre attendit encore un peu, se tournant dans la direction par laquelle arrivait le délicieux fumet. Puis son corps puissant s'ébranla et gagna rapidement de la vitesse.

- 3 -

Le vieux dauphin huma encore l'atmosphère, son bec tourné vers le ciel dégagé. Il sonda la mer, la sentit troublée. Là-bas, à l'ouest, une grosse tempête s'était levée, les courants le lui disaient.

Des dizaines de bancs de petits poissons se dirigeaient avec hâte vers l'horizon sombre : les eaux agitées par l'orage ramenaient toujours des profondeurs de la nourriture facile pour les habitants de l'océan. Le dauphin, lui, n'eut qu'à se servir parmi les sardines et les jeunes thons. Il avait perdu la trace de ce qu'il cherchait et il n'avait rien d'autre à faire.

Il était à la poursuite du monstre depuis bien longtemps maintenant. Un être géant, terrifiant, une véritable horreur. Une seule fois, ils s'étaient trouvés nez à nez.

C'était en grande profondeur, dans une clairière sablonneuse perdue au milieu de falaises et de roches tranchantes. L'autre était endormi, à demi enfoui dans le sable, sans quoi le dauphin n'aurait pas survécu. Il avait immédiatement fait volte-face, terrorisé par la montagne de chair et de muscles qui sommeillait là. Qui était-il ?

Le vieux cétacé commençait à le connaître car il ne le quittait plus. Lorsque le monstre se dépliait en tous sens pour se mettre en mouvement, le dauphin veillait à rester dans le sens du courant afin de ne pas se faire détecter, évitant même de se servir de son sonar. Il se contentait de le suivre à bonne distance. Et il n'était d'ailleurs pas le seul : il avait été étonné par le nombre d'êtres qui, mieux que lui, décelaient l'approche menaçante du géant bien avant qu'il n'arrive. Le monstre faisait le vide autour de lui, à des kilomètres à la ronde. Aussi n'attrapait-il que les animaux parmi les plus vieux et les plus faibles, ceux qui sentaient que leur vie touchait à sa fin et que fuir ne servait à rien.

Mais le dauphin savait de quoi la créature était capable. Il l'avait vue retourner la carcasse d'un gros bateau rouillé à la recherche de nourriture. Il l'avait vue affronter un cachalot adulte téméraire et le dévorer en quelques minutes. Il savait aussi que même lui, habile et puissant nageur, pouvait périr s'il se retrouvait dans les remous provoqués par les déplacements de la bête. Oui, le dauphin la connaissait bien maintenant, et il espérait juste que ce n'était pas réciproque. Mais il n'en était plus vraiment sûr.

Avant-hier, le monstre avait échappé à sa surveillance en plongeant rapidement. Le vieux cétacé avait nagé sur ses traces, en vain. Après une interminable descente, vaincu par la terrible pression, à la limite de l'implosion, il avait dû remonter. Il s'était rapidement éloigné, de peur que la créature ne surgisse à l'improviste sous lui, pour l'engloutir.

Le dauphin émit un petit couinement et se dirigea vers la tempête.

- 4 -

Le soleil perça à travers les nuages. Les vagues s'apaisaient. En quelques minutes, lavé par les vents de haute altitude, le ciel retrouva la couleur qu'il avait avant l'orage, un bleu profond.

La cabine avait disparu, littéralement rasée, et la

ligne de flottaison du chalutier était immergée. Au fond de la cale, de l'eau et du fuel jusqu'au ventre, Pörlsson travaillait vite malgré ses blessures. Il avait réussi à colmater les brèches par lesquelles les flots étaient entrés. Son bateau ne coulerait pas, mais il n'avait aucun moyen d'écoper toute l'eau qui s'était introduite. Alors il avait démonté les moteurs noyés et les armatures métalliques inutiles pour jeter le tout par-dessus bord. Il fallait alléger la structure.

Il quitta la cale et dut plisser les yeux sous l'effet de l'intense luminosité qui régnait sur le pont. Le marin jeta un regard écœuré sur les ravages de la tempête : c'était simple, la mer avait tout nettoyé, il ne restait plus rien. Outre la cabine, la moitié des bastingages avait été emportée ainsi que l'ancre et les panneaux de cale. Le sol même avait été décapé. Le pont apparaissait désespérément vide.

Le marin redescendit dans la cale pour aller chercher ce qu'il avait réussi à mettre à l'abri : trois rations de survie, deux lignes de pêche, un fusil harpon, une fusée de détresse et un livre aux pages détrempées. Pas une couverture, pas un siège, rien…

Cela tenait du miracle s'il était encore en vie, Pörlsson le savait. Juste avant que la cabine ne vole en éclats, il avait vu la mesure du vent : 150 km/h ! Oui, il était revenu de l'enfer. Mais il ne tiendrait pas longtemps. Un coup de vent un peu trop fort suffirait maintenant à le faire chavirer. Sinon, le froid ou le manque d'eau se chargeraient de lui. Sa seule chance, désormais, était de croiser un autre navire.

– Pourquoi ne m'as-tu pas pris ? hurla-t-il en tendant le poing vers l'océan. Tu veux me voir agoniser, hein ? Cela ne te suffit pas de tuer, il faut que tu fasses souffrir ?

Le vent emporta ses cris loin au-dessus des vagues à l'écume ensoleillée. Pörlsson s'encorda afin de ne pas être projeté dans la mer en cas de brusque tangage puis, épuisé, il se laissa tomber sur le pont. Il plongea dans un sommeil agité.

- 5 -

Le goût suave du sang conduisit le grand requin jusqu'à la carcasse d'une baleine qui flottait entre deux eaux. Il s'en approcha, les sens complètement excités par les effluves du sang dans lequel il baignait. Il devint fou, se rua sur la carcasse. Il n'y avait plus rien à manger mais c'était plus fort que lui. La mer se mit à bouillonner, tel un geyser bleu et rouge. Sa mâchoire claquant frénétiquement au hasard, le squale tournait, bondissait, se vautrait dans les restes du cétacé. Il était incapable de maîtriser les soubresauts de sa rage.

Le cadavre de la baleine disparut lentement sous les assauts déments de l'animal. Des orques avaient dévoré sa chair, le requin avait pulvérisé son squelette sanguinolent. Lorsqu'il ne resta plus rien, le prédateur se mit sur les traces des tueuses de la baleine, frustré de n'avoir pu se repaître de sa chair.

Il se tourna vers l'ouest, là où le disque solaire plongeait derrière l'horizon. Les orques n'étaient pas parties depuis très longtemps. Elles étaient de redoutables combattantes, vives, rapides, impitoyables. Lui l'était plus encore, il serait sur elles avant le petit matin.

L'ombre du requin géant s'enfonça rapidement dans les profondeurs de l'océan. Plutôt que de nager derrière les tueuses noires et blanches, il les contournerait... par en dessous.

- 6 -

Le dauphin resta un long moment immobile, sondant discrètement. Les échos qui revinrent sur son rostre lui indiquèrent la présence d'un petit navire. Détaché en contre-jour dans la lueur orange du soleil couchant, le bateau était légèrement incliné, immobile, comme un rocher sur cette mer d'huile. Pas de bruit de moteur, pas d'activité à bord, pas de mouettes, elles qui d'ordinaire se vautrent en piaillant dans les ordures relâchées par ce type d'embarcation... Tout cela n'était pas habituel.

Intrigué, le vieux dauphin s'approcha du rafiot endommagé. Cela non plus n'était pas fréquent car il fuyait la présence des humains autant que celle de ses congénères. Il fit le tour du chalutier, en lançant des petits sifflements interrogatifs.

Toujours rien.

L'animal toucha prudemment la coque de son bec, sentit qu'elle était gorgée d'eau. Il geignit. Une vieille sensation venait de faire surface dans son esprit. Quand il était jeune, il aimait jouer avec les débris flottant sur les flots. Il plongeait dans les profondeurs et remontait à toute vitesse, frappant de son rostre les objets au meilleur endroit pour les envoyer loin et haut dans le ciel. Ce débris-là, il pouvait le couler sans problème : il lui suffisait juste de s'élancer vivement et de cogner le point faible de la structure, ici ou là. Le bois pourri commencerait par se fendiller. Quelques coups supplémentaires finiraient par le faire céder.

Bandant ses muscles, il se dressa hors de l'eau, dans une gerbe d'éclaboussures, pour regarder sur le pont. Il se retrouva alors nez à nez avec un visage d'humain dont les traits montraient tous les signes de la frayeur, en même temps qu'une immense fatigue. Le cétacé poussa un cri de terreur. Il se rejeta en arrière et, en quelques secondes, se retrouva loin de l'embarcation. La curiosité et l'amusement qui le gagnaient peu auparavant avaient disparu. Sa méfiance et son hostilité naturelles avaient repris le dessus, d'un coup. Il plongea.

Là-bas, l'homme agitait les bras et criait.

Pörlsson eut du mal à calmer les battements de son cœur. Le dauphin avait vraiment failli le faire mourir de peur. La chaleur, le manque d'eau – il se

forçait à économiser le litre qui lui restait –, la faim, les plaies brûlées par le sel, la fatigue, le bateau immobilisé sur cette mer d'huile, le désespoir… tout cela l'avait fait sombrer dans un mauvais sommeil parcouru de cauchemars. Puis il y avait eu ce bruit d'éclaboussures. Il s'était redressé pour tomber face à face avec un gros bec défiguré par les cicatrices et deux petits yeux froids, pas hostiles, mais pas vraiment amicaux non plus. Le grand dauphin avait dû avoir peur également. Il avait émis un son presque humain avant de s'enfuir à toute vitesse.

– Hé, toi ! Viens me voir !

Mais le dauphin avait disparu sous l'eau.

Dépité, Pörlsson continuait à l'appeler, mais le vieux cétacé ne réapparaissait pas. Le marin s'assit. Le simple effort de s'être levé et d'avoir crié l'avait épuisé. Depuis la tempête, il n'avait rien voulu manger pour économiser au maximum ses réserves.

Il ouvrit l'une des rations de survie et commença à l'avaler.

— Ça ne me servira pas à grand-chose d'avoir de la nourriture si je n'ai plus assez de force pour la mâcher, s'exclama-t-il d'une voix éraillée, dans l'espoir de faire revenir le dauphin.

Il jeta un coup d'œil derrière lui, mais la mer parfaitement plate restait vide. Il n'y avait pas un mouvement, nulle part. Aucune vague, aucun être vivant, aucun nuage, pas même la trace d'un avion dans le ciel.

Il se força à manger pour faire passer la boule d'angoisse qui lui obstruait la gorge. Mâcher, avaler, tout cela était douloureux pour sa bouche desséchée. Après trois bouchées, il dut ouvrir à contrecœur la bouteille d'eau et en boire quelques gorgées. Cela lui fit du bien et il continua à parler à voix haute, autant pour le dauphin que pour se rassurer lui-même.

Une fois qu'il eut fini, il regarda ce qui lui restait et le désespoir le reprit.

— Après-demain matin je n'aurai plus rien, dans quatre jours je serai mort.

Il avisa les deux lignes de pêche sans se faire d'illusion. La haute mer n'était pas un lac poissonneux. Il faudrait un miracle pour qu'il ferre une simple sardine. Malgré tout, le naufragé ouvrit d'un geste décidé la deuxième ration de survie et composa deux grosses boulettes de nourriture. Il s'appliqua à les fixer aux hameçons avant d'envoyer les deux lignes au loin.

Puis il se rassit et, dans la lueur déclinante du soleil rougeoyant, adossé au squelette tordu du bastingage, il ouvrit le livre qui avait survécu aux tempêtes. Dans son esprit, le dauphin n'était plus qu'un lointain souvenir.

- 7 -

La lune brillait intensément dans le ciel, étouffant froidement la lueur des étoiles. Une petite brise ridait la surface de l'eau, faisant naître des clapotis autour des grands corps ensommeillés. Elles étaient dix, dérivant paresseusement à une trentaine de mètres les unes des autres, jouissant de la fraîcheur des courants qui remontaient.

Les tueuses avaient eu une journée animée : elles n'avaient pas ripaillé ainsi depuis longtemps et le goût de la chair de la baleine parfumait encore leurs gueules roses. Aussi les orques mirent-elles un peu de temps à réagir lorsqu'une formidable gerbe d'éclaboussures armée de dents cauchemardesques explosa au milieu d'elles. Les plus éloignées sentirent l'odeur du sang. Il appartenait à l'une d'entre elles. D'un coup de queue, elles furent sur le lieu du drame. Mais c'était trop tard, deux des leurs manquaient à l'appel.

Dans son attaque, le requin avait coupé en deux la première orque, et emporté celle qui se trouvait à côté, l'amenant en grande profondeur. Il sentait sa proie s'agiter entre ses mâchoires. Il accentua sa pression tout en descendant toujours plus bas. L'odeur du sang qui s'échappait des blessures du cétacé le rendait fou, mais il se maîtrisait. Pas encore, pas tout de suite. Il y en avait d'autres.

Loin sous l'eau, une fois qu'il fut assuré que l'orque agonisait, il la relâcha. Sans un regard pour sa proie toujours vivante, le squale géant se propulsa vers la surface.

Effrayées, les survivantes quittèrent l'endroit sans attendre. Elles n'avaient rien vu venir, elles ne savaient même pas qui les avait attaquées. Quel qu'il soit, elles n'étaient pas de taille à l'affronter.

La deuxième attaque les cueillit alors qu'elles étaient en pleine vitesse. Une orque s'envola littéralement au-dessus de l'eau pour rebondir dix mètres plus loin, assommée. Deux autres furent happées par un tourbillon de violence et déchiquetées avant de comprendre ce qui leur arrivait. Les baleines tueuses encore en vie surent alors qu'elles n'avaient plus le choix : elles devaient faire face. Elles choisirent l'encerclement.

Deux firent demi-tour, se tournant vers la tornade qui s'avançait à une allure incroyable, soulevant une vague fabuleuse. La troisième prit par la gauche, la quatrième sur la droite et la dernière par en dessous. Elles s'écarteraient au dernier moment et se précipiteraient sur la créature, en l'attaquant par-derrière.

Ensemble, les orques convergèrent vers la menace, de toute la force de leurs nageoires. Elles avaient une petite chance car l'ennemi arrivait si vite qu'il ne pouvait pas s'arrêter et faire volte-face en même temps.

La masse d'eau soulevée par le monstre suffit à balayer leur pitoyable défense.

Bien plus tard, alors que les premiers rayons du soleil commençaient à réchauffer l'atmosphère, le requin cessa enfin sa danse barbare. Il resta un long moment au repos, immobile au milieu d'une nappe de sang qui n'en finissait plus de s'étendre.

- 8 -

Le dauphin était inquiet. Il avait parcouru de grandes distances pendant la nuit, tournant autour de l'endroit où son cauchemar avait plongé. Le cétacé avait sondé dans tous les sens, mais aucun écho de la formidable bête ne lui était revenu. Elle lui manquait. Il était tellement habitué à la suivre, à vivre avec elle, en somme, qu'il ne supportait plus ce vide, cette absence. Et il redoutait plus encore le moment où il se retrouverait face à elle.

Il avait peur, sa nage était rapide et nerveuse. Sa queue fouettait l'eau plus violemment que d'ordinaire et il faisait de fréquents demi-tours pour regarder derrière lui.

Dans sa course éperdue, il ne s'aperçut pas immédiatement que l'eau dans laquelle il évoluait avait changé de teinte. Ce n'est qu'en détectant une présence inconnue qu'il cessa tout mouvement. Ce qui dérivait là était énorme. Et sauvage. Moins terrifiant que la bête monstrueuse qui le hantait, mais l'impression qui s'en dégageait était bien plus brutale. Il se servit timidement de son sonar.

Un requin. Mais un requin comme il n'en avait jamais vu jusqu'alors, un squale géant, un véritable dieu de violence. Cela ne pouvait vivre !

Le vieux dauphin cliqueta très doucement et commença à reculer, les entrailles sciées par une profonde angoisse. À cinq cents mètres de là, le requin ne bougeait pas. Le ciel se voilait par l'est, de toute façon le soleil ne parvenait même pas à se refléter sur la peau du monstre devenue rouge du sang des orques.

Le dauphin ne s'attarda pas plus longtemps. Après s'être laissé dériver lentement, il donna toute la puissance de ses muscles pour s'éloigner de ce lieu maudit.

Consciemment ou non, il finit par revenir près de l'humain. Son bec émergea lentement de l'eau, à vingt centimètres de la coque du chalutier endommagé. Un son désagréable lui parvint.

Rongé par la fièvre, la voix cassée par le sel et la soif, Pörlsson parlait tout seul.

Un doux sifflement l'interrompit. Il se redressa péniblement.

– Ah, te revoilà, toi !

Le dauphin recula mais ne s'enfuit pas. Encouragé, le marin continua :

– Moi, c'est Pörlsson. Et toi ?

Le regard du dauphin suivit la main de l'humain qui se tendait vers lui.

– Tu m'prends pour un vieil idiot, hein ? Tu le sais bien, toi, qu'un dauphin ne parle pas et ne serre pas la main des hommes.

Le marin ricana.

– Faut pas m'en vouloir. Tel que tu me vois, je suis cuit, au bout du rouleau, fini. C'te bonne vieille mer aura réussi à m'avoir. Tu noteras que j'ai résisté une paire d'heures, hein ? Mais là, je sais pas trop ce que j'peux faire pour m'en sortir.

Le dauphin cligna des yeux. Il ne comprenait pas les mots de l'homme, mais sa situation, l'intonation et le son de sa voix ne laissaient aucun doute. C'était un vieil homme et il allait mourir. Il recula encore et, malgré lui, cliqueta. C'était la première fois qu'il communiquait avec un humain. La première fois surtout qu'il entrait en contact avec un être vivant. Le marin se méprit sur la réaction du dauphin.

– Qu'est-ce que tu dis ? Toi aussi, tu es seul ? Et tes joyeux petits copains, ils sont où ?

L'homme regarda plus attentivement le corps du

dauphin qui allait et venait nerveusement en pointant régulièrement son bec vers lui.

– Oh mon vieux, sans vouloir t'offenser, t'es un sacré morceau. Des comme toi, j'en ai jamais vu. Et puis, t'es pas tout jeune, hein ? T'es un sacré bourlingueur, comme moi. T'en as vu de dures, non ?

Pörlsson ferma un œil et pointa du doigt la longue et vilaine cicatrice qui barrait le dos du cétacé.

– C'est quoi, ça ? T'es un bagarreur, sûr, mais je vois pas qui a pu te faire un truc pareil ! Une orque ? Un requin ? Il devait être costaud lui aussi.

Le dauphin ne l'écoutait plus. Il cherchait encore à savoir pourquoi il était revenu près de l'humain, et pourquoi il restait là. Cela l'irritait. De rage, il fouetta l'eau, aspergeant le naufragé qui se mit à rire.

– Oh là, j'ai mon content d'eau pour aujourd'hui, tu sais. Et puis j'ai pas vraiment le cœur à m'amuser.

Le ton du marin changea brusquement :

– Je n'ai plus rien à manger ni à boire. Je voudrais rentrer chez moi. Tu pourrais pas m'aider, hein ? T'aurais pas une bonne idée ?

Le reste de sa phrase se noya dans un bref sanglot étranglé.

Le dauphin se calma enfin, étonné d'avoir mis autant de temps à comprendre. C'était simplement la peur. Lui qui avait fui son propre peuple pour la solitude des profondeurs, qui avait affronté tout ce que la mer recelait de dangers, il était venu se réfugier près de l'humain, comme un nouveau-né, parce qu'il avait peur ! Peur du requin géant qu'il venait de découvrir, peur de la terrifiante créature des profondeurs qu'il suivait depuis longtemps…

Un flot d'images saccadées explosa dans son cerveau. Une brève vision de ses parents, massacrés sous ses yeux par une bande d'orques folles. Il se vit, rejetant l'affection de ses congénères et les quitter en se jurant de ne plus jamais se lier à quiconque. Il se rappela les sombres épisodes de sa vie de solitaire. Il avait peur de lui-même, de sa solitude, de ce qu'il était devenu.

Ce fut une compréhension instantanée, et aussitôt, un grand poids quitta son cœur. Un frisson d'excitation tel qu'il n'en avait jamais connu s'empara de lui, et il éclata en cliquetis bruyants.

Inconscient de ce qui venait de se jouer dans l'esprit du dauphin, le marin parla encore, se forçant à paraître enjoué :

— Oui, excuse-moi, je vais pas te pourrir l'existence avec mes histoires. Je me plains, mais je suis encore en vie, non ? T'as raison, je vais me reprendre. Et pour fêter ça, hop, rien de mieux qu'un bon repas !

Il ouvrit sa dernière ration de survie et, coupant la moitié du sandwich déshydraté, le lança au dauphin.

— À notre rencontre, mon gars ! De toute façon, c'est pas ça qui va me priver.

Le vieux mâle avait suivi avec plus d'attention le discours du marin. Il s'approcha du morceau de pain qui se désagrégeait déjà dans la mer, mais il ne l'avala pas. Il le plaça sur le bout de son rostre et s'éleva au-dessus de l'eau.

Surpris, Pörlsson reprit le morceau de pain.

– Tu n'aimes pas ça ? Je comprends. Tant pis…

Pörlsson vit le dauphin plonger et s'éloigner du bateau. Un peu déçu, l'homme s'assit sur le pont et scruta l'horizon nuageux.

– Il manquerait plus que je l'aie vexé !

- 9 -

Le grand requin sortit de sa léthargie. Immobile depuis le petit matin, il avait chaud, le dos ainsi exposé aux rayons du soleil filtrant à travers la couche de nuages. Mais la nuit avait été épuisante. Surtout, il s'interrogeait sur la présence de cet être étrange qui s'était approché de lui, un peu plus tôt dans la matinée.

À un moment, il avait cru qu'une des orques avait survécu et revenait pour se venger. Mais non, une orque n'aurait pas pris toutes ces précautions : elle aurait foncé, et lui l'aurait massacrée ! C'était malgré tout une odeur proche de l'orque. Un cachalot, ou un dauphin. Mais l'un ou l'autre, quel besoin aurait-il eu de s'approcher de lui ? Personne, à moins d'être inconscient, ne se risquait à faire cela. Et à la manière dont la créature avait fui, délicatement, silencieusement, le requin avait compris qu'elle était très intelligente. Bien plus que les baleines tueuses ou que n'importe laquelle des proies qu'il avait eu à traquer jusqu'ici.

Il s'enfonça dans l'eau et fila tranquillement dans la direction prise par l'inconnu, quelques heures auparavant.

Le dauphin était revenu avec un gros poisson qu'il avait déposé dans la main de Pörlsson. L'humain l'avait dévoré avec une précipitation qui avait surpris l'animal. Depuis, le marin ne cessait de lui parler. S'il ne comprenait pas les phrases, le cétacé en saisissait le sens : l'homme avait besoin de compagnie.

Le restant de la journée se passa ainsi, animé par des morceaux de lecture choisie et des cliquetis joyeux. Toute angoisse avait quitté le mammifère marin. Le monstre des profondeurs n'était plus qu'un cauchemar sans doute déjà très loin de lui, et le requin géant ne l'avait pas détecté. Pour l'instant, le vieux dauphin solitaire se trouvait bien avec cet humain plutôt sympathique.

Une pluie fine se mit à tomber en même temps que la nuit. Le marin ne voyait plus son compagnon, mais il continua à lire jusqu'à ce que le sommeil le gagne.

L'animal attendit que Pörlsson fût endormi pour partir à la recherche de sa propre nourriture.

Loin, très loin en dessous d'eux, le requin sentit le dauphin qui s'éloignait. Il remonta alors et émergea à côté du petit bateau. Il reconnut le chalutier qu'il avait identifié, juste avant la grande tempête.

Il avait été un peu déçu lorsqu'il s'était aperçu que la créature qu'il filait n'était qu'un dauphin. Grand, puissant et rapide, certes, mais un dauphin seulement. Le manège du cétacé l'avait pourtant intrigué. Pourquoi passait-il autant de temps en surface ? Pourquoi était-il seul ? Il avait maintenant la réponse. Un humain et son épave.

Après quelques allers et retours autour de l'embarcation, le squale heurta doucement la coque. Le bateau fit une grosse embardée et Pörlsson se réveilla.

– Oh là ! Qu'est-ce qui se passe ?

Dans l'obscurité, sans lampe, il ne voyait rien.

– Dauphin, c'est toi ?

Le marin passa une main par-dessus bord, essayant de voler une caresse au cétacé. Il sentit une peau élastique sous ses doigts.

– Ah, j'aime mieux ça. Tu veilles sur moi, t'es un bon gardien, mon gars. Je t'assure que si je me sors de là, je te fournirai tous les poissons que tu veux.

Puis il retourna s'étendre sur le pont.

Le requin heurta encore l'épave avant de plonger bruyamment. L'homme pouvait attendre. C'était le dauphin qu'il voulait. Il ne le dévorerait pas tout de suite – il n'avait pas faim d'ailleurs –, il voulait juste savoir pendant combien de temps le cétacé pensait tenir contre lui.

Il patienta jusqu'au matin.

- 10 -

Le soleil se leva, mais il était encore caché par les nuages de pluie. Sur le pont, Pörlsson grelottait. Il n'avait plus les forces nécessaires pour se mettre debout. Il appela le dauphin.

À son retour auprès du chalutier, le vieux cétacé perçut tout de suite la menace. Quelque chose était venu ici pendant la nuit et n'était pas reparti. Affolé, il se mit à sonder dans toutes les directions. Il ne détecta le danger qu'à la dernière seconde. Il couina et fit un bond pour se rejeter sur le côté. La gueule du requin apparut à quelques mètres de lui, véritable trou béant entouré de poignards ébréchés. Le dauphin évita le choc, mais disparut de la surface, happé par le tourbillon d'eau.

Dérivant à une vingtaine de mètres de là où avait émergé le squale, le bateau fit une terrible embardée et se renversa. Pörlsson se retrouva à la mer, sans vraiment comprendre ce qui lui arrivait. Il eut le réflexe de s'accrocher au bord du pont. Et tandis que le chalutier se redressait lentement, le marin réussit à se hisser à bord, au prix de terribles efforts.

Se retournant alors, il blêmit et se mit à sangloter : il avait affaire à un requin, une bête d'une taille monstrueuse. Il s'affala sur le pont, dans un réflexe primaire pour échapper à la vue du monstre, et rampa fébrilement à la recherche de sa fusée de détresse.

Mais le squale ne s'intéressait pas à lui. Il cherchait le dauphin. D'un coup de queue rageur, il plongea.

Le vieux cétacé n'arrivait pas à échapper à la zone de remous créés par le requin. Il luttait de toutes ses forces, mais les flots se mélangeaient violemment, sans direction précise. Projeté en tous sens, il n'avait aucun moyen de prévoir les déplacements de son ennemi, ni même de localiser sa présence.

Le squale le frappa sous le ventre et le dauphin décolla, arraché de l'eau, pour atterrir quelques mètres plus loin, le souffle coupé. Il comprit alors que le requin ne le tuerait pas immédiatement. Il aurait pu le couper en deux s'il l'avait souhaité, mais non, il avait dosé son coup, juste pour l'étourdir.

Enfin sorti des tourbillons, le dauphin ne réfléchit pas. Il fonça de toute la puissance de ses muscles et s'éloigna rapidement du chalutier qui partait à la dérive, tournoyant lentement sur lui-même.

Pörlsson perdit de vue la fantastique masse du requin. Le vieux marin se déplaça de l'avant à l'arrière du bateau, scrutant l'eau jusqu'à s'en arracher les yeux. Rien. Lentement, la mer retrouvait son calme.

Un vertige le saisit et il dut s'allonger.

— Oh, mon Dieu, faites que cela finisse !

Il se mit à pleurer, tout doucement.

Après quelques minutes de course paniquée, le dauphin s'arrêta. Quelle chance avait-il ? La puissance du requin était nettement supérieure à la sienne. Sans parler de sa résistance. Il se retourna, pensant foncer directement dans la gueule du monstre pour en finir rapidement.

Le dauphin sonda timidement dans la direction d'où il venait. Où était-il ? Il ne détectait aucune présence. Le grand cétacé tourna son bec vers les profondeurs. Un réflexe le poussa à disparaître. Il était là ! Une fois de plus, il arrivait par en dessous.

Le vieux dauphin rassembla toute sa volonté pour faire face et ne pas fuir à nouveau. Il sentit alors quelque chose de curieux. Le requin n'avançait pas droit sur lui. Il remontait très rapidement mais de travers, sur le flanc, agité de furieux soubresauts. Le cétacé sonda encore une fois, percevant la colère du requin. Elle n'était cependant pas dirigée contre lui. Non, il y avait là autre chose. Il poussa un petit cri étranglé. Le squale n'était pas seul, une créature bien plus grosse que lui l'accompagnait : le monstre des profondeurs, son cauchemar !

Cette fois-ci, la peur fut plus forte. Il rebroussa chemin vers le bateau.

Le requin avait senti la détresse du dauphin qui se débattait dans les remous et il l'avait percuté doucement sous le ventre, juste pour l'aider à sortir de là. Et, comme il l'avait espéré, le dauphin s'était sauvé. Le squale l'avait coursé quelques instants, tranquillement. Puis, ses vieux réflexes de chasse le reprenant, il avait décidé d'aller plus en profondeur pour dépasser le cétacé par en dessous afin de faire surface juste sous lui.

Alors qu'il était en train de remonter, le requin décela une présence. Dans le même instant, il sentit qu'on l'effleurait au niveau de la queue. Il se détourna brusquement pour faire face. Avisant le danger, il tenta de fuir mais il était trop tard. Quelque chose s'enroulait autour de lui. Il laissa les spasmes de la rage s'emparer de lui et se mit à mordre au hasard.

Son vertige passé, Pörlsson contempla à nouveau la mer. Sous la pluie fine qui tombait, elle était grise et plate. Il n'y avait plus aucune trace du monstre ni du dauphin. Il plissa les yeux. Là-bas…

– Qu'est-ce que… ? murmura-t-il.

À quelques centaines de mètres de lui, la mer commença à bouillonner. Une dizaine de tentacules d'un gris sale émergèrent, dégoulinants d'écume. Au centre de l'agitation, le naufragé vit la grande silhouette du requin qui se démenait juste sous la surface de l'eau. Il paraissait maintenant tout petit, comparé à ce qui était en train d'émerger.

Les cheveux du marin se hérissèrent et il se souvint de cet article qu'il avait lu, l'année précédente. C'était pendant la fabuleuse tempête qui avait ravagé les côtes. On avait retrouvé l'épave d'un pétrolier, bizarrement tordue, et le cadavre d'une bête cauchemardesque, une pieuvre géante. Et là, il l'avait sous les yeux, ou plutôt l'un de ses rejetons[1]. Une pieuvre !

Les jambes flageolantes, Pörlsson vit la mer se teinter de sombre. Les tentacules les plus éloignés fouettèrent l'eau pour revenir vers le squale. D'où il était, le marin n'avait aucun moyen de savoir lequel des deux monstres avait l'avantage. La pieuvre ligotait le requin et tentait de l'amener vers sa gueule. Lui la mordait de toute la force de ses mâchoires.

Un sifflement tira Pörlsson de sa contemplation horrifiée. Le dauphin était là, ses petits yeux froids fixés sur lui.

– Eh bien, mon gars…

Sa voix tremblait.

– … t'es encore là ? Tu… tu ne voudrais pas m'emmener loin d'ici ?

Le grand cétacé couina sans bouger.

– Je veux pas mourir ici, avec ces deux-là à côté. Emmène-moi !

Le marin hésita puis se jeta à l'eau. Le dauphin ne s'écarta pas. Pörlsson s'accrocha à la nageoire, mais sa main trop faible glissa. Il essaya une nou-

---

1. Vous pouvez découvrir la Mère Pieuvre dans l'histoire frissons d'un autre titre de la collection « Z'azimut » : *Le Surfeur de tsunami* (Six histoires de sports de mer).

velle fois, enserrant l'animal entre ses cuisses. Ce dernier se laissa faire. Une fois assuré de la prise de l'humain, il commença à nager. Tout doucement d'abord, puis de plus en plus vite.

Derrière eux, les deux géants se combattaient à mort. Et de formidables gerbes d'écume mêlées de sang s'élançaient vers le ciel gris...

Le grand départ

de Viviane Claus
illustré par Christophe Quet

- 1 -

L a mer est bleue, tranquille. Je suis allongé sur le
pont du bateau, la tête légèrement surélevée,
dans une position confortable qui me permet de
rêvasser à mon aise tout en surveillant les environs.
Ma mission a cependant peu de chance d'aboutir.
Ceux qui m'ont envoyé ici ont franchement de l'argent à perdre. Et moi, j'ai du temps à perdre. J'en
ai même à revendre. Et quand je songe au salaire
mirobolant qui m'attend au retour, alors là j'ai vraiment tout mon temps ! Bien sûr, pour toucher le

pactole, il vaudrait mieux que je ne revienne pas les mains vides. Mais bon, on verra ça demain…

Pour l'instant, admirons le coucher de soleil et faisons semblant d'être revenu à l'âge de nos grands-parents, au siècle dernier, quand ces flots d'un bleu si trompeur ne cachaient pas encore un cimetière géant. J'ai tellement entendu parler de cette époque quand j'étais petit que j'ai presque l'impression de l'avoir vécue moi-même. Je n'étais pourtant pas né.

Ce matin, après une semaine de voyage en solitaire, je suis enfin arrivé dans la zone que mes commanditaires ont soigneusement délimitée grâce aux témoignages des marins. Depuis, je m'abîme les yeux dans la contemplation de l'immensité liquide. En vain.

Je ne souffre pas de solitude. J'ai toujours aimé l'eau. C'est l'élément qui apaise tous mes tourments. J'aurais aimé être un poisson. Pas un poisson de 2050, rongé par la pollution radioactive et les produits chimiques, évidemment. De toute façon, pour ce qu'il en reste !

J'ai vu un reportage à ce sujet sur mon écran de poignet : il paraît qu'au début du XXIᵉ siècle, les pêcheurs prélevaient plus de quatre-vingts millions de tonnes de créatures marines chaque année ! On se doute que ce n'est plus la peine de pêcher aujourd'hui. Sauf, bien sûr, si on a du goût pour le suicide par empoisonnement. Mais pour trouver un poisson vivant… autant chercher une aiguille dans une botte de foin.

Enfin, ce n'est pas pour ça que je suis là. Ce que je suis venu chercher mesure entre 1,40 et 4 m de longueur, pèse entre 40 et 650 kg et a totalement disparu de tous les océans depuis dix ans. On en est sûr et certain. Il s'agit des dauphins. Cependant, des marins affirment qu'ils en ont vu dans cette région. C'est hautement improbable, mais les dirigeants des Grands Laboratoires Unifiés ne veulent pas risquer de passer à côté de l'énorme source de revenus que les cétacés représentent, et ils m'ont envoyé en éclaireur. Je dois prendre des photos et rapporter toute information susceptible d'aider à la capture de ces animaux censés pouvoir nous prodiguer l'immortalité, si leur espèce n'est pas éteinte comme on le croit. Bref, un travail plutôt peinard pour un type comme moi, et grassement payé. Aucune raison de s'embarrasser de scrupules inutiles.

Le soir tombe. Il ne se passera rien cette nuit. Une bonne bière m'attend au frais dans la cabine, et après… dodo !

- 2 -

Un choc sourd et une douleur vive à la tempe me réveillent. Ma tête a cogné contre la paroi. Que se passe-t-il ? Je n'ai pas le temps de m'appesantir sur cette question. Le navire fait un tour sur lui-même et je suis violemment projeté à bas de ma couchette.

J'essaie de ramper vers l'extérieur de l'habitacle. Je ne vois rien, il fait trop noir, mais j'entends une sorte de grondement. Émergeant enfin de ma torpeur, je saisis la situation : dehors, un mugissement puissant ne laisse aucune place au doute. La tempête est là, énorme, terrifiante.

Au moment où je sors à l'air libre, un éclair zèbre l'horizon de part en part, déchirant le ciel en deux, et le tonnerre retentit dans un vacarme assourdissant. On dirait la fin du monde. Des vagues démesurées s'abattent avec fracas sur mon petit bateau. Le pont disparaît sous des tonnes d'eau. Trempé, je m'accroche à l'échelle, juste derrière moi. Dans un effort désespéré et sans lâcher prise, j'attrape un bout[1]. Puis, de mon unique bras disponible, je l'enroule tant bien que mal autour de ma taille. Enfin, je tente d'arrimer l'extrémité du cordage à l'un des barreaux tout en songeant à l'ironie de ma situation : il y a quelques heures à peine, j'étais un futur millionnaire arrogant ; à présent, je ne suis plus qu'un homme ramené à sa condition, un être minuscule et impuissant devant les éléments déchaînés. Je reste cependant confiant car je sais que je navigue sur une embarcation pratiquement insubmersible, bénéficiant des meilleures innovations techniques.

Soudain une lame gigantesque m'arrache à l'échelle avant que j'aie pu m'y attacher. Je suis

---

1. Cordage en langage marin (se prononce « boute »).

entraîné par une force irrésistible. La vague, en refluant, m'emporte avec elle et me fait passer par-dessus bord. Je vais mourir.

Je sombre dans l'océan noir et glacé. La houle me submerge, l'eau rentre dans ma gorge. Je n'ai plus la force de lutter. Juste au moment où les ténèbres m'engloutissent, à demi inconscient déjà, j'ai l'impression confuse qu'un corps puissant me bouscule. Puis, plus rien.

- 3 -

J'entrouvre les yeux, très lentement. Une pâle lumière bleutée éclaire faiblement la pièce. Mes pensées sont entremêlées, je suis incapable de réfléchir. Ma vision est brouillée. Je sombre à nouveau.

Quand je me réveille pour la seconde fois, j'ai l'impression que tout ondoie autour de moi. Je ne vois toujours que du bleu. La tête légèrement sur-élevée, je suis allongé au centre d'une pièce circu-laire sur une plaque transparente qui semble flotter, comme en apesanteur. J'essaie de bouger, mais mon corps ne répond pas.

— Ne faites aucun effort. Tout va bien mainte-nant, vous voici tiré d'affaire.

J'ai beau écarquiller les yeux dans tous les sens, je ne parviens pas à distinguer d'où vient cette voix. Tiré d'affaire ? Où suis-je ? Je ne me souviens de rien. Je tourne la tête à droite, puis à gauche, ce qui me donne un mal de crâne épouvantable.

— Arrêtez donc de gigoter comme ça, bon sang !
Vous avez failli vous noyer, alors restez tranquille
et laissez-nous vous soigner.

Je ne sais toujours pas qui me parle, cependant
des bribes de souvenirs me reviennent petit à petit.
La noyade. L'horrible tempête. La vague qui m'emporte. Mais comment ai-je pu m'en sortir ?
D'ailleurs, je suis peut-être mort finalement. Oui,
c'est sûrement ça, car ce lieu ne ressemble à rien
de connu dans le monde des vivants.

Tout à coup, je vois quelque chose bouger. Je
n'arrive pas vraiment à comprendre… Qu'est-ce
que… ? Mais… c'est de l'eau ! Une sorte de piscine
entoure mon lit – enfin si on peut appeler ça un
lit –, et ce qui évolue dans le bassin ressemble à…
Je ne peux pas y croire, on dirait un dauphin !
Alors, c'est bien ce que je pensais : je suis mort. Car
l'espèce des dauphins s'est éteinte il y a dix ans au
moins, donc ce que je vois ne peut pas exister.

— Vous êtes à Dolphincity, reprend la voix.

Cette fois, une tête auréolée de cheveux blancs
apparaît, émergeant de l'eau. L'être qui vient de
m'adresser des paroles si étranges grimpe plusieurs
marches afin de parvenir à ma hauteur. Il est vêtu
d'une combinaison imperméable blanche qui ruis-
selle. Il appuie à deux reprises sur un bouton du
tableau de bord situé à côté de mon lit, déclenchant une puissante soufflerie. L'air chaud m'enveloppe agréablement. Quelques instants plus tard,
l'homme est parfaitement sec et le ventilateur
coupé.

– Comment vous sentez-vous ? Vous êtes un miraculé, vous savez. Sans Mira, vous n'aviez aucune chance de vous en sortir.

– Mais qui êtes-vous ? tenté-je d'articuler. Et qui est Mira ?

Ma voix est rauque et parler m'arrache la gorge. Pourtant je persévère :

– Où suis-je ? Comment…

– Une question à la fois, si vous voulez bien, répond l'homme. Je me présente : Dr Sand, pneumologue, spécialisé en bronchiologie. Ne cherchez pas, ajoute-t-il devant mon air surpris, c'est moi qui ai inventé le terme. Vous comprendrez plus tard.

– Alors, comment…

– … êtes-vous parvenu jusqu'à nous ? Vous êtes arrivé il y a trois jours, inconscient et assez mal en point, je dois dire. Mira vous a cueilli juste à temps et a guidé votre corps jusqu'à Dolphincity.

– Guidé ? Mais…

– Mira, viens saluer ton protégé, s'il te plaît ! Je suis certain qu'il sera ravi de faire ta connaissance.

Près de ma couchette, l'élément liquide se remet en mouvement et une créature évoluant avec grâce en surgit bientôt, se dresse sur sa queue, éclaboussant le Dr Sand au passage, avant de se laisser glisser à nouveau harmonieusement dans l'eau.

– Eh, on se calme ! Je viens à peine de me sécher, s'exclame gaiement le médecin. Elle s'impatientait, ajoute-t-il à mon intention. Mira était inquiète pour vous. Vous avez passé beaucoup de temps dans l'océan et votre organisme en a gravement souffert. Quand elle vous a trouvé, Mira a fait au plus vite. Un dauphin peut atteindre la vitesse de 40 km/h et je me demande si notre amie n'est pas encore plus rapide. Cependant en cas d'urgence, pour sauver un naufragé, cela ne suffit pas toujours, d'où notre préoccupation.

– Mais les cétacés ont…

– Disparu ? C'est ce qu'il faut que tout le monde croie. Ne vous agitez pas, vous aurez les explications nécessaires plus tard. Remerciez d'abord votre sauveteur. Dès que vous irez mieux, vous lui prodiguerez des caresses de reconnaissance. Pour le moment, contentez-vous de lui parler. Les dauphins bénéficient d'un nerf auditif d'une épaisseur exceptionnelle et Mira nous entend parfaitement.

– Comment a-t-elle pu me transporter jusqu'ici ? demandé-je au Dr Sand, incapable de détacher mon regard du mammifère marin.

Celui-ci ouvre son bec comme pour me sourire et j'entraperçois ses dents coniques. Un orifice situé sur sa tête à la hauteur des yeux se contracte et commence à émettre des sons. Le problème est que j'en comprends le sens :

– Je vous ai dirigé sans difficulté puisque vous n'opposiez aucune résistance. Je suis contente que vous ayez survécu à l'épreuve.

Je ne peux pas le croire. Ce dauphin me parle. Le choc, cette fois, est trop violent. Je m'évanouis.

- 4 -

Une musique douce m'enveloppe. J'émerge d'agréables rêves aquatiques dans lesquels j'évoluais sans effort au milieu d'une demi-douzaine de cétacés, dans une chorégraphie impeccable.

J'ouvre les yeux et le rêve ne s'interrompt qu'à moitié. Pas de musique douce, mais autour de ma couche flottante, des dizaines d'odontocètes[2] s'agitent. Seigneur, mon cerveau a dû être touché pendant la noyade et je suis victime d'hallucinations. Il ne manquait plus que cela ! Ma mission… totalement à l'eau, c'est le cas de le dire. Je ne sais même pas où je me trouve. Et que se passe-t-il ici ?

– Ça n'a pas l'air d'aller fort, on dirait.

Je tourne la tête, mes muscles réagissent mieux qu'hier. Le Dr Sand se tient à mes côtés, dans une attitude pleine d'ironie.

– C'est vraiment réel ? demandé-je. Je n'arrive pas à le croire. Alors, les marins avaient raison…

– Quels marins ?

La question tombe, sèche, brutale. L'homme s'est durci et son sourire s'est effacé d'un coup.

– De quoi parlez-vous ?

Heureusement, je n'hésite pas trop longtemps :

– Oh… de quelque chose dans mon rêve. Je dansais dans l'eau avec des dauphins et… des

---

2. Cétacés munis de dents dont font partie les dauphins.

marins me disaient : « On ne vous a pas menti. Vous voyez bien qu'ils existent ! »

— Ah, un simple rêve… En parlant de navigateurs, d'ailleurs, que faisiez-vous sur ce bateau, tout seul ?

— Je testais un nouveau matériel de survie. Mais, comme vous le savez, je n'ai pas eu le temps de m'en servir !

— Vous êtes un scientifique, vous aussi ?

Le malaise semble se dissiper. Je ne me laisse pas impressionner :

— Oh là, non ! Plutôt un aventurier qui se laisse porter au gré des vents par des propositions originales… et bien rémunérées. Pourriez-vous, s'il vous plaît, me dire dans quelle partie du globe nous nous trouvons ? Sommes-nous sur une île ? J'aimerais quand même savoir comment rentrer chez moi.

— Vous êtes sous la mer.

— Quoi ?

— Vous avez parfaitement entendu : vous êtes quelque part au fond de l'océan.

— Au fond de… ? Qu'est-ce que ça signifie ? Vous faites bien des mystères ! Je suis sûr que vous n'êtes pas qu'un simple médecin. Vous devez comprendre qu'il faut que j'appelle chez moi, je dois rassurer mes proches.

L'homme sourit à nouveau, d'un air entendu :

— Nous savons que vous n'avez pas de famille. Notre ordinateur a fait une petite recherche sur vous, rien de bien méchant, rassurez-vous. Pour l'instant, désolé, mais vous ne pouvez contacter personne. Vous vous trouvez dans une base sous-marine ultra-secrète et vous n'êtes pas en état de rentrer chez vous. Mais je vous l'ai promis, vous saurez bientôt ce que nous faisons ici.

Il esquisse une moue dégoûtée avant de continuer :

– Nous connaissons vos employeurs et nous ne les aimons pas beaucoup, pour rester poli. Alors nous devons d'abord nous assurer que vous êtes digne de confiance. Si c'est le cas, dès que vous serez sur pied, nous vous laisserons peut-être visiter les lieux. Pour le moment, reposez-vous. Je vous laisse en compagnie de Mira et de ses amis.

La tête du Dr Sand disparaît. J'ai même l'impression que son corps s'enfonce simplement dans l'espèce de piscine qui entoure mon lit de convalescence. Aussitôt Mira, cette belle dauphine qui m'a sauvé, nage vers moi.

– Ne soyez pas trop fâché. Il vous a parlé un peu durement, dit-elle, mais je suis sûre qu'il s'adoucira dès qu'il vous connaîtra mieux. Moi, je suis certaine que vous êtes digne de confiance. Je le sens.

Je ne peux m'empêcher de gémir :

– Mais... comment pouvez-vous parler ? Vous êtes un DAUPHIN ! (Je crie malgré moi.) Il faut m'expliquer, maintenant. Je deviens fou, moi !

– Oui, je comprends. On m'a autorisée à vous éclairer sur certains points. Alors, si vous êtes prêt à m'entendre...

— Oui, s'il vous plaît, dis-je dans un souffle, épuisé par mon éclat.

— Bien. Vous savez que sur Terre, les gens pensent que l'espèce des dauphins est totalement éteinte.

— Bien sûr que je le sais. Mais pourquoi cacher la vérité ?

— Vous devez aussi savoir que nous avons disparu par la faute des hommes. D'abord, à cause de leur pêche intensive avec les grands filets dérivants : beaucoup d'entre nous se sont retrouvés prisonniers de ces pièges et en sont morts. Ensuite, il y a une vingtaine d'années, souvenez-vous, des chercheurs découvraient que des éléments de notre peau permettaient aux êtres humains d'avoir l'air plus jeune et de vivre plus longtemps.

— Oui, et les « braconniers de la mer » vous ont alors traqués sans relâche, jusqu'à ce qu'on ne trouve plus un seul dauphin vivant dans aucune mer.

— Exactement. Du moins c'est ce que tout le monde a cru. Ébruiter aujourd'hui ce qui se passe ici serait catastrophique pour notre espèce. La chasse sans pitié recommencerait aussitôt. Vous n'ignorez pas que vos semblables sont capables du pire dès qu'il est question d'esthétique. Regardez ce qui est arrivé aux bébés phoques, aux hermines et aux visons. Même ceux d'élevage ont disparu définitivement. Plus inquiétant encore, certaines rumeurs sont parvenues jusqu'à nous : des scientifiques travailleraient à l'heure actuelle sur des cellules épithéliales[3] congelées avec l'idée folle de fabriquer un sérum d'immortalité.

— Des cellules prélevées sur qui ? demandé-je d'un air naïf.

— À votre avis ? Sur des dauphins, encore et toujours !

— Ah, je comprends, et j'imagine les enjeux commerciaux considérables. Mais pourquoi vous ? Votre espèce vit-elle très longtemps ?

— Je ne sais pas ce que vous appelez « longtemps ». Notre espérance de vie était d'environ quarante-cinq ans, cela dépendait des espèces. Or,

---

3. De l'épithélium, tissu recouvrant le corps et les organes.

depuis que nous vivons et que nous nous repro-
duisons dans cette base, elle augmente, et nous
pourrons tous, si nos projets se concrétisent, devenir centenaires. Presque aussi vieux que vous, les
hommes.

— Si vos projets se concrétisent… Quels projets ?

— Je n'ai pas encore le droit de vous le dire.

— Le Dr…

— Je dois vous laisser à présent. J'aimerais pour-
suivre cette conversation, mais on m'a recommandé de ne pas trop vous fatiguer. Je m'en
voudrais de compromettre votre guérison, votre
santé est encore fragile. Dormez bien maintenant,
je reviendrai vous voir demain.

Le bec du cétacé effleure affectueusement ma
joue, puis Mira s'envole littéralement dans les airs
avant de replonger au milieu de ses congénères
en une figure que je serais tenté d'intituler
« Salutation ». Je n'ai pas la force d'applaudir.

Abasourdi par cette hallucinante discussion, j'ai
juste le temps de me demander si les petits amis de
Mira sont eux aussi doués de parole, et je sombre
dans un sommeil lourd, sans rêve.

- 5 -

Deux semaines passent. Elles me paraissent
longues. Tous les après-midi, j'ai droit à la visite du
Dr Sand et à ses soins attentifs. Cependant, ce sont
uniquement les échanges quotidiens avec Mira qui

me permettent de supporter l'ennui de cette immo-
bilité prolongée. Des heures durant, la dauphine
reste à mes côtés, malgré mes plaintes et mes nombreux accès de mauvaise humeur. Sa gentillesse et
sa douceur ne font qu'augmenter mon irritation et
une idée fixe ne cesse de me tenailler : comment
prévenir les Labos de l'existence de cette base
secrète ? Je me plais à imaginer ce qu'ils m'offriront
en échange de toutes les informations que je pourrai leur apporter. Malgré cela, j'attends chaque jour
la venue de Mira avec impatience et je ne me lasse
pas de la voir évoluer gracieusement dans les bassins entourant ma couchette.

La troisième semaine, je suis autorisé à me lever
et à nager sous la surveillance attentive et parfois
inquiète de ma fidèle amie. Au début, j'appréhende
un peu le retour à cet élément qui a failli causer ma
mort, mais le bien-être procuré et le délassement de
tous mes muscles ont vite raison de mes réticences.
Le quatrième jour, je réussis à bien me mouvoir et
je reste dans l'eau pendant presque une heure.

- 6 -

Aujourd'hui, mon médecin arrive armé de son
éternel sourire moqueur, mais sans sa mallette
blanche en vinyle imperméabilisé. Il m'annonce
d'emblée :

— Bonne nouvelle. Votre patience (je crois déceler un clin d'œil en direction de Mira) est récom-

pensée. Vous êtes suffisamment en forme pour visiter notre *home sweet home*[4]. Qu'en dites-vous ?

— Je… j'en serais enchanté.

— Parfait. Alors allons-y. Vous n'avez qu'à descendre les quelques marches qui partent de votre couchette, elles vous mèneront directement à destination.

Je suis ses instructions, mais à la cinquième marche, mon pied, en se baissant, ne rencontre que le vide. Mon corps bascule et je me sens glisser dans un toboggan sans lumière. La pente étant relativement douce et la vitesse raisonnable, j'ai le temps de reprendre mes esprits avant d'arriver en bas.

Le contraste entre l'obscurité du tunnel et la lumière blanche de l'immense salle dans laquelle j'atterris m'éblouit. Je ne distingue pas grand-chose au premier abord. Après avoir cligné des yeux plusieurs fois, je finis par m'habituer à la forte clarté.

La pièce où nous nous trouvons est circulaire, comme ma chambre, mais beaucoup plus grande. Des cuves de différentes tailles sont disposées en cercle au milieu. De la vapeur s'élève de l'une d'entre elles. Autour de ces réservoirs se dressent des cubes aux parois de verre transparent. Certains sont reliés par des tuyaux émettant des signaux lumineux bleus et roses. Le long du mur, Mira et quelques autres dauphins évoluent dans un canal

---

4. Expression anglaise signifiant « doux foyer ».

assez large. Le reste de la salle est organisé pour la circulation des humains, à pied sec.

Je m'approche des cubes et des cuves. Ce que je vois me laisse totalement perplexe. Je me tourne vers le bronchiologue, l'interrogeant du regard. Ce dernier me considère alors avec gravité :

— Il est temps pour vous de découvrir nos expériences. Ce que vous apercevez dans ces bacs correspond à l'amélioration que nous tentons d'apporter aux mammifères.

Je suis interloqué :

— Mais… il y a aussi des hommes dans les cuves !

— Ne sont-ils pas eux aussi des mammifères tout comme les dauphins ? Et notre idéal est en voie de se réaliser : que chacun des deux groupes, humains et cétacés, profite des qualités de l'autre.

J'insiste, conscient d'engranger des données essentielles pour ma mission :

— Dans quel but ? Je ne comprends pas.

— C'est le seul espoir de survie pour nous tous. Je ne crois pas que la Terre, parvenue à ce degré de pollution, puisse nous accueillir encore longtemps sous notre forme actuelle. Il nous faut renforcer nos défenses, devenir plus forts. Nous devons nous adapter ou périr. Les dauphins ont été sauvés in extremis. Cependant, ce n'était qu'une étape. Et aujourd'hui, nous sommes enfin capables, après des années de recherche et d'expérimentations, de créer deux espèces mutantes : des hommes-dauphins et des dauphins-hommes.

Puisque nous sommes tous des animaux, nous devons abolir la domination d'un groupe sur l'autre.

Je ne peux m'empêcher de ricaner :

— Vous êtes vraiment des allumés ! Vous avez raison de vous cacher, on a enfermé des gens pour bien moins que ça.

Mon interlocuteur hausse les épaules, agacé :

— Nous nous attendions à votre scepticisme. Mais quand vous en saurez davantage...

— « Nous », vous dites toujours « nous ». Qui sont les autres, à la fin ? Pourquoi ne puis-je les rencontrer ?

— Patience, ils vous attendent dans la salle de Convivialité pour une petite réception. Nous n'avons pas souvent l'occasion d'accueillir des visiteurs et une fête, même modeste, sera la bienvenue pour tout le monde. Mira vient de partir afin de superviser les derniers préparatifs. Un message dans mon oreillette m'avertira quand ce sera prêt. En attendant, ne désirez-vous pas quelques explications sur le contenu des cubes ?

— Si, bien sûr, dis-je en tentant de ne pas montrer un intérêt excessif.

— Approchons-nous, alors. Vous pouvez voir ici l'évolution de notre travail. Les créatures qui sont enfermées là se reposent d'une intervention chirurgicale avant d'en subir d'autres.

— Que leur avez-vous fait ?

— De légères modifications. Par exemple, nous avons greffé des cordes vocales humaines à l'intérieur de l'évent des dauphins. C'est un endroit situé au-dessus de leur tête, là où leurs narines se réunissent en un orifice qui leur permet de respirer. Cet évent est fermé par une cloison étanche que l'animal peut contrôler à volonté par simple contraction ou détente musculaire. Il ne peut donc pas parler lorsqu'il est sous l'eau, mais le reste du temps, si. C'est grâce à cette opération que vous avez pu converser si facilement avec Mira.

– Mais cela n'explique pas ses facultés de compréhension et sa connaissance de notre langue !

Le médecin hoche la tête :

– En effet. Nous avons parallèlement procédé à de légères transformations au niveau du cerveau. Cependant, ces aptitudes étonnantes résultent aussi de tout un apprentissage. Ne sous-estimez pas les capacités psychiques des dauphins. Parmi les chercheurs qui vivent ici, nous avons des spécialistes en delphinologie qui pourront vous en apprendre beaucoup sur ce sujet passionnant.

– La delphino quoi ?

– Delphinologie. C'est une science qui étudie les moyens de communication et les facultés psychiques des odontocètes.

– Et qu'…

– Les dauphins sont très avancés dans ce domaine. Nous n'avons fait qu'approfondir leurs compétences. Rappelez-vous que Mira vous a dit avoir guidé votre corps jusqu'ici pour vous sauver. Or, elle ne pouvait pas vous porter sur son dos. En réalité, elle vous a transporté par la force de sa pensée. On appelle cela la télékinésie[5]. Et ce qu'a accompli Mira grâce à sa volonté hors du commun, vous admettrez que c'est d'un autre niveau que de tordre des petites cuillères à distance.

– Et nettement plus utile !

Il sourit :

– Oui. Les dauphins pallient ainsi leur absence de bras et n'ont donc plus rien à nous envier. Mais Mira a réalisé un effort que j'allais qualifier de surhumain… Vous voyez qu'on s'y perd entre les deux espèces. Elle a failli en mourir, d'ailleurs.

– Ah bon… dis-je en essayant de prendre un air de circonstance.

– Ce n'est certes pas elle qui vous le dira. Elle est bien trop discrète.

Le médecin place alors sa paume sur son oreille.

– On me signale que tout est prêt pour vous recevoir. Vous devrez attendre pour la suite des explications… Après vous, ajoute mon guide en passant son index sur un carré brillant comme un diamant, incrusté dans un mur à notre gauche.

Une large cloison pivote et nous nous retrouvons dans une nouvelle pièce au milieu de conversations animées.

---

5. Mouvement d'objets sans le contact d'une force ou énergie observable.

- 7 -

Tout le monde se tait en nous apercevant. Un homme fait un signe et de la musique classique nous enveloppe. Mozart il me semble. En même temps, dans un grand bassin situé au centre de la salle, des dauphins entament une brève chorégraphie que j'imagine être un message de bienvenue. Tous sautent et plongent dans un rythme parfaitement coordonné en inclinant la tête dans ma direction comme pour me saluer.

J'ai encore en tête la phrase du Dr Sand, à propos du sauvetage de Mira : « Elle a failli en mourir. » Mourir pour me sauver... Comment peut-on être aussi courageux ? Je n'aurais jamais pu imaginer qu'un jour quelqu'un pourrait risquer sa vie pour moi.

- 8 -

De retour dans ma chambre, tranquillement allongé, je me repasse mentalement le film de la soirée. J'ai rencontré les chercheurs qui vivent dans cette base secrète. Ils m'ont étonné. Tous sont convaincus du bien-fondé de leur travail et passionnés par leurs avancées scientifiques. Ils ont répondu à mes questions avec la plus grande politesse, pourtant j'ai bien senti quelques réserves. Je sais qu'ils se méfient de moi et ils ont bien raison. Il va falloir jouer serré, car je suis sous haute surveillance.

En tout cas, ces idéalistes savent vivre : les mets étaient délicieux et nous avons même dansé. Mais le meilleur moment, je l'ai passé avec Mira qui m'a raconté des histoires de... dauphins, évidemment !

Une seule chose me chiffonne : aucun d'entre eux ne parle de vivre à nouveau sur Terre, à l'air libre. Vont-ils passer le restant de leurs jours enfermés dans cette base ? Pas un seul n'y a fait allusion. J'ai cependant l'impression qu'ils ont un grand projet. Je le sens. Et je me demande de quoi il s'agit.

Je prends la décision d'enquêter discrètement pour découvrir ce que l'on me cache encore. J'ai remarqué que l'on a soigneusement évité de me montrer certaines parties de la cité sous-marine. Il faut que je trouve un moyen de les explorer. Je ne vois qu'une solution : y aller de nuit, quand tout le monde est assoupi. En ce qui me concerne, j'ai perdu assez de temps à dormir depuis que je suis ici. Et mes employeurs doivent me croire mort. Comment les prévenir que je suis bien vivant, et que je ne vais pas revenir les mains vides ? Comment rentrer ? Je ne sais même pas dans quelle partie des océans je me trouve. Bon, on verra ça plus tard. Ce ne sera pas la première fois que je me sortirai d'une situation difficile. C'est d'ailleurs plutôt excitant.

Pour en finir avec ces questions, je décide que rien ne vaut l'action. Rassemblant toute mon énergie, je me glisse aussitôt hors de mon lit. J'emprunte l'escalier, cette fois en comptant les marches pour ne pas me laisser surprendre par le toboggan. Je m'accroupis pour le trajet dans l'obscurité. Parvenu en bas de ce boyau sans lumière, je me repère grâce aux néons bleus et roses qui diffusent une très faible lueur. Cela m'arrange : je pense que les créatures allongées ici ne peuvent avoir conscience de ma présence. Mais s'il y a des gardes, il faudra que je m'en débarrasse. Tant pis pour eux !

Tout est calme et tranquille. J'avance à pas de loup et j'ai de la chance : la porte de la salle de Convivialité est entrouverte. Je m'y glisse discrètement. Personne. La base semble endormie. Je vais droit vers les ouvertures que j'ai repérées la veille. Il y en a trois. Au hasard, je choisis celle du milieu. La petite porte coulisse sans difficulté. Elle donne sur un couloir sombre. Mes yeux se sont habitués à l'obscurité. J'aperçois une lumière pâle à l'extrémité et m'y dirige à tâtons.

Là non plus, ce n'est pas fermé à clef. Je pénètre dans une pièce étroite contenant du matériel électronique. Des caméras et des panneaux géants sont fixés aux murs. On y distingue assez bien la salle des cuves et d'autres parties de la base, y compris ma chambre.

Au centre de la pièce se trouve une grande table avec des ordinateurs. Je m'approche. Ils sont presque tous allumés. Je ne comprends pas exactement ce que je vois sur les écrans, mais on dirait des graphiques, des cartes et des formules mathématiques. Les machines semblent travailler toutes seules.

Soudain, sur l'une des consoles, j'aperçois mon

visage. Je vais voir de plus près. C'est le dossier qu'ils ont réalisé sur moi. Sous la photo, les renseignements collectés sont soigneusement répertoriés : mes nom et prénom, âge, domicile, situation de famille, etc. Et à côté du clavier, je reconnais un objet m'appartenant : mon calculateur de poignet, celui que je portais sur le bateau et que je pensais avoir perdu dans l'accident.

Dans un mouvement de joie spontané, je m'en empare aussitôt et vérifie qu'il fonctionne toujours. Il présente des points de soudure, mais semble en état de marche. On a dû me le réparer. Je comprends instantanément le bénéfice que je vais pouvoir en retirer, car il contient un appareil photographique et un scanner miniaturisés, ainsi qu'une puce permettant d'envoyer directement les clichés numérisés aux Labos. Je l'enfouis dans ma poche, mais me ravise aussitôt. Qu'est-ce que j'attends pour m'en servir ? Je me souviens que je suis là clandestinement et que je n'ai pas de temps à perdre. C'est le seul moyen si je veux partir d'ici, car je sais maintenant trop de choses pour que les scientifiques de la base prennent le risque de me laisser un jour quitter ce lieu. Je suis un prisonnier, bien traité certes, mais prisonnier malgré tout.

Je ressors le calculateur de ma poche et le règle rapidement sur la fonction photographique. Puis je prends des images de ce que montrent les écrans de surveillance, afin que mes commanditaires puissent visualiser ce qui se passe ici. Je scanne ensuite un maximum des feuillets que je viens d'imprimer.

Surexcité par l'accomplissement de ma mission, j'envoie toutes ces données aux Labos, accompagnées d'un message pressant : « Trouvé dauphins. Des tas de dauphins. Suis captif dans base secrète. Savants font expériences incroyables. Venez me chercher. VITE ! Venez en nombre. Je répète : venez en nombre. »

À peine ai-je envoyé cet appel à l'aide que je me demande si je n'ai pas fait une grave erreur. Les gens, ici, ont été très corrects avec moi et leur décision de protéger les dauphins se défend également. La pensée de Mira me traverse l'esprit. Elle m'a sauvé la vie, et moi… Mais cette remise en question s'arrête net : toutes les lumières viennent de s'allumer. Je me fige, le corps en attente.

- 9 -

À la suite du Dr Sand, les scientifiques du centre de recherche aquatique entrent un à un et viennent se placer en demi-cercle devant moi, me bloquant toute sortie. Je suis piégé.

Je n'essaie pas de me perdre en justifications inutiles. Les visages qui me font face sont impénétrables. Le bronchiologue prend enfin la parole :

— Vous nous décevez beaucoup. Mais à vrai dire, nous ne sommes pas surpris de vous trouver ici. Vous n'êtes qu'un petit fouineur égoïste et nous n'avons pas été suffisamment sur nos gardes. À la demande de Mira, nous vous avions accordé, à contrecœur je dois le dire, le bénéfice du doute. La pauvre n'aura pas été récompensée de sa confiance.

Il m'arrache mon calculateur des mains :

– Donnez-moi ça. Vous n'aurez plus jamais l'occasion de vous en servir.

Je n'ai pas le temps de répondre ni de demander ce qui va m'arriver. Une sirène retentit dans l'immense salle et une lampe rouge s'allume en tournoyant. Le Dr Sand s'alarme aussitôt. Il regarde les autres chercheurs, puis se retourne vers moi :

– Quelque chose de grave vient de se produire. Venez avec nous. On règlera votre cas plus tard.

Il me tire par la manche vers la sortie et nous courons tous vers une pièce d'où nous parviennent des sifflements stridents. Le médecin m'explique que ce sont les dauphins qui appellent à l'aide.

– Ils sifflent pour nous guider.

Un accident a eu lieu dans la salle des cubes. Terrorisé, l'un des cétacés doués de parole raconte aux scientifiques :

– C'est Mira. Elle a voulu nous montrer une figure acrobatique et s'est mal réceptionnée. Elle a glissé et est tombée dans la cuve n° 3.

Tous semblent catastrophés. Je suis perplexe, mais heureusement une chercheuse m'explique la situation :

– Le bac est rempli d'un produit expérimental. Celui-ci n'affecte pas les dauphins, mais pourrait se révéler très dangereux pour l'être humain qui se risquerait à plonger pour sauver Mira. Or, elle a dû s'assommer en tombant, sinon elle serait déjà remontée à la surface. J'en suis terriblement désolée : elle est perdue.

Je m'entends alors dire :

– Non, ce n'est pas possible.

Sans réfléchir, je m'élance, escalade les barreaux qui mènent au sommet de la cuve et crie :

– Apportez-moi des cordes et préparez-vous à la hisser.

Tout s'enchaîne très vite. On m'envoie des liens que je noue autour de ma taille. J'inspire un grand coup et plonge. Je repère mon amie au fond de la piscine artificielle, je nage vers elle et, sans céder à la panique à la vue de son corps inanimé, je l'attache le plus solidement possible. Sa peau lisse fait plusieurs fois déraper mes gestes. Enfin, je saisis fermement l'extrémité des cordes et remonte à la surface. Des échelles ont été disposées le long des parois extérieures. Plusieurs chercheurs y sont déjà juchés, prêts pour le sauvetage. Mon rôle s'arrête là. J'ai juste la force de redescendre à terre où je m'effondre, épuisé. On m'entoure. Je suis enveloppé dans une large couverture et transporté en salle d'urgence.

- 10 -

Pendant les trois jours nécessaires à ma remise sur pied, on m'a soigné avec dévouement. Moi, le héros, sauveteur de Mira. Mais je suis ligoté à mon lit. Officiellement prisonnier, cette fois.

Dès le lendemain de l'accident, le Dr Sand est venu me rassurer au sujet de mon amie. Elle va bien et n'aura aucune séquelle. Elle a été repêchée à temps pour éviter la noyade.

Pour ma part, j'ai été beaucoup moins rassurant car j'ai bien été contraint d'avouer au médecin, la mort dans l'âme, que je les avais tous trahis, que j'avais envoyé mes infos aux Labos et qu'il fallait se préparer à une intervention imminente de leur part. Je m'attendais à une réaction violente, des cris, des insultes. Mais le bronchiologue m'a regardé longuement et n'a pas ajouté un mot.

Une demi-heure plus tard, j'ai appris que je n'étais pas le seul à avoir des révélations à faire.

- 11 -

Ils sont une dizaine à entrer dans ma chambre, vêtus de blouses blanches, l'air solennel.

Je les connais tous, à présent, et suis capable de les appeler par leur nom. Viennent-ils se venger de ma trahison ?

Ce qu'ils m'annoncent me cause un grand choc : le liquide de la cuve dans laquelle j'ai plongé a parfaitement rempli son rôle. Il a été conçu pour adapter la physiologie de l'être humain à un environnement aqueux. En d'autres termes, il crée des êtres amphibies. Les scientifiques m'expliquent que les examens qu'ils m'ont fait subir après le sauvetage – échographies, prises de sang, etc. – indiquent que le processus de transformation a déjà commencé. En clair, je suis en train de devenir une créature mutante, un homme-dauphin. Est-ce psychologique ? Il me semble déjà en ressentir les effets. J'ai du mal à respirer, je suis pris de nausées.

Les savants entreprennent de me calmer :

— Ne vous laissez pas gagner par l'angoisse. La métamorphose n'en est qu'à son début. Et par la suite, vous pourrez mener une existence à peu près normale. Il vous faudra seulement vivre à proximité de la mer.

- 12 -

Les voilà. Ils sont tous là, dans leurs chars amphibies qui encerclent la base, immobiles pour l'instant. On peut les voir sur les écrans de contrôle. Dépêchés par les Labos gouvernementaux, des centaines de soldats en armes attendent les ordres pour l'assaut.

Par ma faute, chercheurs et dauphins sont pris au piège. Effondré, je me laisse tomber sur une chaise, la tête dans les mains. Qu'ai-je fait ? Je m'en veux terriblement, mais il est trop tard. Les animaux vont être capturés et les scientifiques tués. C'en est fini de leur grand rêve. La force aveugle, le pouvoir et l'argent ont encore gagné, et j'en porte l'entière responsabilité. Pour couronner le tout, je ne me sens pas très bien. J'ai sans cesse besoin de me plonger dans les piscines de la base.

Mes poumons sont comme à l'étroit dans ma poitrine et j'ai mal à la tête.

Me sentant observé, je lève les yeux. Mira et le Dr Sand sont à mes côtés. Ce dernier s'adresse à moi :

– Vous semblez avoir enfin pris conscience de la portée de vos actes. Un peu tard, malheureusement.

Je reste muet. Quelle parole pourrait racheter ma faute ?

Mira regarde le bronchiologue et lui dit doucement :

– Faites-lui la proposition.

Le médecin marque un temps d'arrêt, comme s'il hésitait, puis se tourne à nouveau vers moi et déclare :

– Vous ne savez pas tout. Notre véritable secret, nous avons réussi à vous le cacher. Nous sommes prêts à quitter la Terre. La construction d'un vaisseau spatial est achevée depuis six mois et les derniers tests et mesures ont été effectués il y a trois jours, après l'accident de Mira. Nos chercheurs en astronomie ont repéré l'an dernier une planète liquide, qu'ils ont baptisée Océania. Nos amis cétacés pourront y vivre en paix, loin des poursuites de vos semblables, et dans un milieu qui leur convient. Nous avons reconstitué ce liquide dans la cuve n° 3. Grâce à vous, nous savons à présent qu'il permet également aux hommes de survivre sur Océania. Plus rien ne nous empêche de nous y installer définitivement, tous ensemble, chercheurs et dauphins. L'assaut va être donné dans un instant. Nous n'avons pas l'intention de nous laisser capturer sans réagir. Tous les membres de la base ont déjà pris place dans le véhicule interstellaire qui est prêt à décoller. Mira n'a pas voulu partir sans vous faire une dernière proposition. Voulez-vous partir avec nous ? Décidez-vous vite.

Mon cœur fait un bond dans ma poitrine. Je regarde Mira et le médecin avec reconnaissance. Ainsi, malgré ce que je leur ai fait, ils m'accordent encore une dernière chance.

Je n'hésite pas beaucoup car le temps presse. Qu'est-ce qui me retient sur Terre ? Personne. La planète elle-même est moribonde et ne sera bientôt plus vivable. Que ferai-je de mon argent dans un monde sans vie et sans amis ? Je sens que je peux trouver ma place dans un groupe et redonner un sens à mon existence. Je vais tout reprendre à zéro. Ne suis-je d'ailleurs pas devenu moi-même un homme-dauphin ?

Je regarde Mira et le Dr Sand et, dans un souffle, la gorge nouée par l'émotion, annonce :

– Je pars avec vous.

- 13 -

Je suis le bronchiologue au pas de course, Mira nous ayant précédés par le circuit des bassins qui mènent à la salle d'embarquement. Cette dernière est surmontée d'une coupole qui s'ouvrira en corolle au moment du départ, m'indique le médecin sans ralentir.

Je bute presque sur lui lorsqu'il s'arrête brusquement devant un mur gigantesque. Un panneau coulisse sans bruit et soudain, l'engin est là devant mes yeux, clignotant de partout. Je suis tétanisé par sa beauté majestueuse. Des frissons parcourent ma peau à la vue de ses proportions parfaites. Sa dimension est impressionnante. D'un gris métallisé, scintillant et tout en courbes, le vaisseau est la reproduction exacte d'un dauphin géant ! Son bec pointe en avant, coupé horizontalement au milieu ct agrémenté de deux rangées de dents coniques. Rien ne manque : les ouvertures sur les côtés en forme de globes oculaires, la queue, les nageoires. L'appareil commence déjà à vrombir.

– Allez, ne restcz pas planté là ! Vous n'entendez pas ? Ils arrivent.

En effet, l'intervention a commencé. Des tirs retentissent et des sirènes d'alerte hurlent en continu.

À la hâte, nous gravissons l'escalier d'accès à la fusée. Nous sommes les deux derniers habitants de la base à nous jeter à l'intérieur du propulseur, dont la porte étanche et blindée se referme au moment où les premiers soldats atteignent la salle d'embarquement. Ils encerclent l'appareil en hurlant et en tirant. Le médecin et moi avons juste le temps de nous sangler pendant que les pilotes de la fusée actionnent l'ouverture de la coupole, noyant nos assaillants sous des montagnes d'eau de mer.

Mu par une impulsion phénoménale, le cétacé géant s'élève, domptant les flots. Et enfin, dans une verticalité parfaite, le Grand Dauphin en métal émerge des profondeurs de l'océan pour prendre son envol vers l'immensité de l'espace et le nouveau monde des hommes-dauphins.